W0203213

HAYMON verlag

Andreas Neeser

Zwischen zwei Wassern

Roman

Der Autor dankt dem Künstlerhaus Edenkoben,
dem Stuttgarter Schriftstellerhaus, der UBS Kulturstiftung
und dem Aargauer Kuratorium für die Unterstützung
der Arbeit an diesem Buch.

AARGAUER
KURATORIUM

Gedruckt mit freundlicher Unterstützung
durch das Aargauer Kuratorium.

Auflage:
4 3 2 1
2017 2016 2015 2014

© 2014
HAYMON verlag
Innsbruck-Wien
www.haymonverlag.at

Alle Rechte vorbehalten. Kein Teil des Werkes darf in irgendeiner Form (Druck, Fotokopie, Mikrofilm oder in einem anderen Verfahren) ohne schriftliche Genehmigung des Verlages reproduziert oder unter Verwendung elektronischer Systeme verarbeitet, vervielfältigt oder verbreitet werden.

ISBN 978-3-7099-7132-1

Umschlag- und Buchgestaltung, Satz:
hœretzeder grafische gestaltung, Scheffau/Tirol
Umschlagmotiv: www.shutterstock.com / Irantzu Arbaizagoitia

Gedruckt auf umweltfreundlichem,
chlor- und säurefrei gebleichtem Papier.

Werkausgabe von Klaus Merz im Haymon Verlag

Die Lamellen stehen offen
Frühe Lyrik 1963–1991. Band 1

In der Dunkelkammer
Frühe Prosa 1971–1982. Band 2

Fährdienst
Prosa 1983–1995. Band 3

Der Mann mit der Tür oder Vom Nutzen des Unnützen
Feuilletons. Band 4

Das Gedächtnis der Bilder
Texte zu Malerei und Fotografien. Band 5

Brandmale des Glücks
Prosa 1996–2009. Band 6

Außer Rufweite
Lyrik 1992–2010. Band 7

„Klaus Merz erhält eine auf sieben Bände angelegte Neuedition: Was bisher erschienen ist, bestätigt den bedeutenden Rang dieses Lyrikers und Erzählers.“
NZZ am Sonntag, Manfred Papst

„Über Jahrzehnte hinweg ist Klaus Merz ein Meister des Understatements geblieben“
FAZ, Sabine Doering

„Merz überzeugt als Lyriker und als Erzähler dank seiner Gabe, ebenso leicht wie knapp und präzise zu formulieren – eine Fähigkeit, die wir nur bei sehr wenigen Autoren antreffen.“
Jochen Hieber, Vorsitzender der Jury des Friedrich-Hölderlin-Preises 2012

www.haymonverlag.at

Klaus Merz
Jakob schläft
Eigentlich ein Roman
104 Seiten, € 9.95
HAYMON taschenbuch 166
ISBN 978-3-85218-966-6

Klaus Merz erzählt die Geschichte einer Familie, deren Lebenswege immer wieder in Abgründe und Hinterhalte führen. Abseits der Kreuzungen, an denen Krankheit und Tod „Vorrang haben", wird aber gelebt, geliebt und geflunkert oder in fröhlicher Bigamie mit zwei Eskimofrauen der Fisch geteilt.

Den Blick auf die Details gerichtet, rückt der Erzähler die Ereignisse in ein oft überraschendes Licht. Fast beiläufig skizziert Klaus Merz so ein Bild der fünfziger und frühen sechziger Jahre, das aber nicht der Nostalgie, sondern immer dem Leben verpflichtet bleibt.

„Dieses Buch ist ein Wunder."
Gunhild Kübler, Laudatio zum Hermann-Hesse-Literaturpreis

„eine Balance ... zwischen Trauer, Zuversicht und Liebe"
Tages-Anzeiger

„Ausdruck liebevollen Eingedenkens"
Frankfurter Allgemeine Zeitung

www.haymonverlag.at

Enfant du voyage
Ton lit c'est la mer
Ton toit les nuages
Été comme hiver
Ta maison c'est l'océan
Tes amies sont les étoiles
Tu n'as qu'une fleur au coeur
Et c'est la rose des vents.
aus einem französischen Chant de marin

Ce n'est pas l'homme qui prend la mer,
C'est la mer qui prend l'homme.
Moi la mer elle m'a pris
Comme on prend un taxi.
Renaud, Dès que le vent soufflera

Fünfzehn Steine, der Haufen wird größer. Jeden Tag gehe ich die wenigen Schritte von meinem Chambre d'hôtes zur Küste, klettere seitlich die Felsnase hinunter. Ich schaue in den Himmel, der seit Tagen wolkenlos ist, kompromissloses Blau. Ich prüfe die Richtung des Windes, atme tief ein und lege den mitgebrachten Stein zu den andern. Wählerisch bin ich nicht, mir ist jeder Stein recht, den ich auf dem Weg zur Klippe finde. Unansehnlich sind sie alle. Staubiges Graubraun, Splitter eines uralten, undenklichen Zusammenhangs.

Robinson würde Kerben ins Holz schneiden. Bei Tagesanbruch würde er von seinem Unterstand zum Strand gehen, eine Markierung ins Kreuz schnitzen und für sein Leben danken. Ich lege jeden Tag einen Stein auf den Haufen und setze mich hin. Ob ich zu danken hätte – ich werde es vielleicht nicht erfahren, und vielleicht werde ich es nicht erfahren wollen. Ich lebe. Das ist genug. Und ich bin freiwillig hier am Ende der Erde. Kein Meer hat mich ausgespuckt, gestrandet bin ich höchstens in mir selbst.

Noch drei Wochen, dann wird von meiner Anwesenheit hier nichts geblieben sein als ein Haufen Granit, und selbst der wird spätestens vom ersten Wintersturm von der Klippe gefegt werden. Einzig mir selbst bin ich auf dieser Terrasse verpflichtet. Dennoch fällt mir immer wieder Robinson ein. Der große Überlebende meiner Kindheit. Am Tag meiner Ankunft habe ich mich hier hingesetzt. Erschöpft von der langen Reise, erschöpft überhaupt, schlief ich ein. Als ich die Augen aufschlug, blickte ich in die Sonne – und sie brannte die Farbe aus der Welt. Während ich im Schmerz die Lider zusammenkniff, dachte ich an meinen ersten Helden. Halb nackt lag er im tropischen Sand, Haut und Knochen. Die aufgesprungenen Lippen. Der menschenleere Strand, das Wasser, die sengende Sonne. Ein Zucken um die Augen, ein Blinzeln. Weißblende. – Das Verschwinden von allem im Augenblick des Erwachens. So war das damals im Fernsehen. So war es am Tag meiner Ankunft. Mehr verbindet mich nicht mit Robinson Crusoe. Doch der Gedanke an ihn war in jenem Moment das Einzige, was mich mit mir selbst verband.

Und dann war da dieses Blau. Hunderte Male schon hatte ich das Blau dieses Himmels gesehen; zum ersten Mal sah ich es nun wirklich. Und mir war klar: Blau ist die Farbe am Anfang, und diesen Anfang gibt es. So ist das noch immer. Fünfzehn Steine. Jeden Tag lege ich einen weiteren auf den Haufen – für den Anfang von allem, und den Anfang danach. Vielleicht gibt es ihn nur hier, weil es nirgendwo sonst einen

solchen Himmel gibt. Und weil nur hier überhaupt ein Anfang zu denken ist.

Jeden Tag dieses anfängliche Blau. Gäbe es Auskunft, ich wüsste nicht, was ich würde wissen wollen. Es ist ein Blau der widerspruchslosen Stille. Eine unmissverständlichere Farbe gibt es nicht. In ihrer Tiefe fühle ich mich auf abgründige Weise geborgen, ihre Kälte verhöhnt mich, ihre Distanzlosigkeit macht mich ratlos. Was wäre zu fragen? Was wäre zu vernehmen von da oben? – Je länger ich auf der kanzelartigen Terrasse in das Blau starre, desto stärker saugt es mich auf, spült mich in sich hinein. Wenn es mich nicht mehr gibt, wenn es mich gegeben haben wird, stellt sich keine Frage mehr. Auch die eine nicht.

Vor mir, über mir der Himmel, in meinem Rücken flechtiger Stein, unter mir das Meer. Feunteun Aod. Hier beginnt der Anfang. Hier geht alles weiter. Die Wellen zerbersten dumpf an der Klippe, sie verschlucken sich an der eigenen Wucht, wühlen sich in Wirbeln in sich selbst hinein, und sie sammelten ablandig neue Kraft, würden sie nicht bereits überrollt von einer nächsten, die mit nicht geringerer Gewalt dasselbe schaurige Schauspiel vollzieht. Ich höre sie. Ich sehe sie kommen und sich erschöpfen am Fels. Ich habe sie immer gehört und gesehen.

Mein Anfang aber hat keine Wellen und keine Brandung. Denn hier ist kein Wasser, hier gibt es kein Meer. Seit ich allein aus dem Urlaub mit Véro zurückgekehrt bin, ist diese Landschaft Himmel und Erde. Das Blau gibt es, mit all seinen Schattierungen und

Abstufungen bis ins Stürmische hinein, den Granit gibt es, die Heide, die vom Wind gebürstete Kuppe der Landzunge, das Weiß der Häuser. Das alles gibt es hier. Das Meer aber, das ich im Ohr habe, als wäre es meine eigene Stimme, das Meer, das in allen möglichen Zuständen von Regung in meine Netzhaut eingebrannt ist – nein, das Meer gibt es nicht.

Die Kanzel habe ich Max zu verdanken. – Vor mittlerweile fünfzehn Jahren hat er mich in seine Wahlheimat eingeführt. Während ich mich auf die letzten Prüfungen meines Geografiestudiums vorbereitete und als Lehrer Fuß zu fassen versuchte, wanderte er aus. Er ließ die Grabsteinklopferei hinter sich und freute sich auf seine neue Existenz als Steinbildhauer.

Wenige Wochen vor seiner Abreise hatte ich ihn kennengelernt; in den darauffolgenden Schulferien besuchte ich ihn zum ersten Mal. Ich schlief auf dem behelfsmäßig eingerichteten Dachboden der alten Steinhütte, in die er sich eingemietet hatte, tagsüber streunten wir über die Klippen. Wir aßen rohe Muscheln, die wir bei Ebbe von den Felsen pflückten, und tranken zu viel Wein. Max, fünf Jahre älter als ich, hatte hier seine eigentliche Heimat gefunden. Eigener, störrischer, stummer als in anderen Regionen der Bretagne seien die Menschen auf dem Cap, sagte er. Ausgeblasen vom Wind. Dennoch und deshalb seien sie beseelt, erfüllt von dem, was ein Leben lang nicht auszublasen sei.

Dass Max hier wirklich angekommen war, wurde mir klar, wenn ich ihm bei der Arbeit zusah. Beim Spalten, Spitzen oder Überhauen der tonnenschweren Granitblöcke, die ihm Freunde ins Atelier gekarrt hatten, wirkte seine Erscheinung noch beeindruckender als auf den Küstenspaziergängen. Max war ein Koloss. Er arbeitete sorgfältig und konzentriert, führte Fäustel und Spitzeisen in seinem eigenen Rhythmus, scheinbar ohne zu ermüden. Nicht gegen den Stein arbeitete er, sondern mit ihm, respektierte den Verlauf von Einschlüssen und kleinsten Rissen. Licht, Stein und Wasser – mehr brauche ich nicht zum Leben, sagte er einmal, als er einen Bar de ligne in die flüssige Butter legte. Dann hob er das Glas: À nos femmes, à nos chevaux et à ceux qui les montent!

Innerhalb weniger Monate hatte er die misstrauischen Dorfbewohner eines Besseren belehrt und war einer der ihren geworden. Vor allem aber war er hier draußen er selbst, das, was er immer hatte sein wollen. Mit Schnorchel und Harpune jagte er Fische, tauschte ein, was er nicht selbst zu essen vermochte. Lieu Jaune gegen Tomaten, ein paar Seespinnen gegen Kartoffeln; Salat gab es obendrauf. Er half den Bauern beim Schlachten, und am Abend genoss er in der Männerrunde das gebratene Fleisch. Schweinekopf, Schafshoden, Lammkeule. Ihm war jeder Schlachtlohn recht, solange genug Wein da war. Und er erzählte freimütig von seinem Traum, dem eigenen Atelier mit Kran, Schmiede und Meersicht.

Die Kanzel war seine Kirche, eine Felsterrasse in der Klippe, direkt unter dem Abriss der Pointe. Ganze Tage verbrachte Max da oben, nicht selten blieb er sogar über Nacht, notfalls im alten Armeeschlafsack, vierzig Meter über der Brandung. Die Kanzel war sein Ort der Andacht und der Einkehr, aber auch eine Bühne für einsame Protestreden. Er studierte die Lichtreflexe auf dem Wasser, den Gang der Gezeiten, den Wechsel der Winde. Er untersuchte die Morphologie des Steins und die Textur der Flechten – oder er saß einfach nur da und staunte, bis der mitgebrachte Lambig leergetrunken war und jedes der zweiundvierzig Volumenprozente sich in seinem Kopf bemerkbar machte.

Je mehr von seiner Welt Max mit mir teilte, desto mehr wurde ich Teil von ihr. Eine kleine Welt, die mir doch bei jedem Besuch wieder ganz neu aufging und deren Reichtum mir noch immer unerschöpflich vorkommt. Was mir diesen Ort noch kostbarer macht, ist die Freundschaft zu Max. Der Künstler und der Geographielehrer. Der Koloss und die Konfektionsgröße. Manchmal, spätabends, haben wir zum Spaß Listen mit Eigenschaften erstellt, die uns ausmachen. Stunden haben wir im Lauf der Jahre damit zugebracht – und nichts als Gegensatzpaare gefunden. Spätestens nach der zweiten Flasche einigten wir uns jeweils auf die grundsätzliche Unmöglichkeit unserer Freundschaft, fanden uns im Lachen über den andern und uns selbst. – Der gewesene Pfarrer und der amtierende.

Zur Kanzel, die ich Max zu verdanken habe, gehört auch die Aussicht. Im Osten, leicht zurückversetzt, liegt der Fischerhafen von Feunteun Aod. Nachdem Stürme die gemauerte Steinmole zerlegt hatten, bauten die Fischer in derselben Bucht einen neuen Hafen. Er besteht einzig aus einer Rampe, die von der nunmehr ungeschützten Bucht auf ein kleines, in den Fels gepflastertes Plateau führt. Bei drohendem Sturm lassen sich die Boote mittels Drahtseilwinden an erhöhter Lage in Sicherheit bringen. Jenseits der Bucht liegt ein aus Naturstein gemauertes Quellbecken auf halber Höhe im Hang. Das begehbare Lavoir, von üppiger Vegetation umwachsen, gibt Feunteun Aod seinen Namen. Westwärts, in der Verlängerung der Küstenlinie, steht im offenen Meer La Vieille. Auf einem Felsbrocken gebaut, dessen Fläche kaum größer ist als der Grundriss des Leuchtturms, bietet die mehr als hundertjährige Alte den Fischerbooten wie den Frachtern zwischen Pointe du Raz und Île de Sein Orientierung.

Noch drei Wochen lang werde ich in dieser Urlandschaft sitzen. Drei mal sieben Steine. Dann wird mein Anfang hier zu Ende sein. Ich werde meinen Dienst auf der Kanzel quittieren, wie Max ihn quittiert hat, und nach Hause fahren. Gewesener Pfarrer, auf Lebenszeit.

Mi-homme, mi-bête nennen sie Max. Mi-homme, mi-bête haben sie den Halbwilden schon damals genannt, als sie ihn ins Herz schlossen. Sie mochten seine urtümliche Art, der alles Gespielte oder Aufgesetzte fremd war und die für all das stand, was er war. Nachdem er Sophie kennen gelernt hatte, eine Bretonne bretonnante, warteten alle auf die Veränderung des wunderlichen Ausländers. Nicht ohne Bedauern sah man seiner Domestizierung entgegen, die unausweichlich schien. Sophie werde schon zum Rechten sehen, hieß es im Dorf, und das bedeutete, etwas Rechtes aus Max zu machen. Eine tragfähige Existenz galt es aufzubauen, ein Fundament für ein eigenes Haus mit Familie.

Tatsächlich hatte Max die Chancen, mit seinen Granitskulpturen Geld zu verdienen, falsch eingeschätzt. In der alten Scheune nebenan, die ihm als Atelier diente, verstaubten zahlreiche Modelle aus Gips oder Mörtel. Die erste Skulptur, die er fertiggestellt hatte, ein menhirartiges Objekt, stand in den Boden eingelassen hinter der Hütte. Fast ein Jahr lang

hatte Max daran gearbeitet, die ausgeprägten Rundungen so verfeinert, dass sie bei jedem Sonnenstand ein optimales Licht- und Schattenspiel garantierten. Nach und nach wurde der Stein von der Natur in Besitz genommen. In Abständen kamen weitere dazu, und mit der Zeit entstand im verholzenden Gebüsch eine Art Steingarten; in Wahrheit jedoch war das Skulpturengelände nichts anderes als die letzte Ruhestätte seiner Kunstobjekte.

Er aber dachte nicht daran, den Traum der Künstlerexistenz auf dem Cap zu begraben. Das wenige Ersparte war zwar längst aufgebraucht, Zuschüsse von den Eltern waren keine zu erwarten, aber Max kümmerte das nicht. Er wäre ohnehin zu stolz gewesen, ein Leben auf Pump zu führen und seinen Traum mit fremder Hilfe zu verwirklichen. Er kämpfte. Und er kämpfte gegen ein Schicksal, das er nicht würde akzeptieren können. Für einen deutschen Hausbesitzer im Nachbarort machte er einen Gartentisch auf Bestellung, für eine befreundete Familie gestaltete er einen Brunnentrog. Er war sich nicht zu schade, im Stundenlohn bei einem auf Restaurationen spezialisierten Steinmetz zu arbeiten oder einem Gärtner bei der Gestaltung von Steinlandschaften zur Hand zu gehen. Max verhehlte nicht, dass er auf diesem Weg doch noch den einen oder anderen künstlerischen Auftrag zu ergattern hoffte. Umwegrentabilität, sagte er manchmal, plötzlich interessiert sich einer für meine Skulpturen, und es geht los. Immer missriet das verschmitzte Lächeln.

Sophie unterstützte ihn, sprach ihm Mut zu, beteuerte ihren Glauben an eine gelingende Zukunft. Sie tat es in wachsender Verzweiflung, denn gegen den innersten Wunsch war nicht anzukommen. Die Sehnsucht nach dem, was Max nie sein würde, ließ sich nicht länger wegreden. So erging es Sophie wie einer Reihe von jungen Frauen nach ihr. Sie gestand sich ein, dass hier nichts mehr zu hoffen war. Gegen die Steine, sagte sie, gibt es kein Argument, und keines gegen die Liebe.

Richtig erstaunt war niemand im Dorf, als Sophie ihre wenigen Sachen aus Max' Hütte trug und sich vorübergehend wieder bei ihren Eltern einrichtete. Max lebte sein Künstlertum allein weiter, und er wurde nicht müde zu versichern, dass er diese Existenz mit keiner anderen tauschen würde, trotz allem. Der Bitterkeit, die sich dann und wann zeigte, begegnete er am Stein, oder er räsonierte auf der Kanzel über sich selbst und den unglücklichen Lauf der Dinge.

Anfangs hatte ihn jede enttäuschte Hoffnung auf Erfolg noch verbissener arbeiten lassen; nach und nach jedoch vermochte der Trotz die Frustration nicht mehr aufzuwiegen, und Max begann sich einzurichten in seinem Winkel am Ende der Welt. Ein kleiner Künstler war er geworden, der Koloss. Zermürbt von der Realität des Kunstbetriebs. Auch wenn er sich nie ganz würde aufreiben lassen – es war nicht zu übersehen, dass er hier zwischen Brombeerbüschen, Stechginsterstauden und Farn am eigenen Friedhof arbei-

tete. Es mochte ein Friedhof für die Ewigkeit sein, ein Friedhof war es doch.

Zu bemitleiden war er deswegen nicht, und er hätte dafür auch kein Mitleid haben wollen; zu sehr war er überzeugt von dem, was er tat, und jeder einzelne Schlag mit dem Fäustel bestärkte ihn in dieser Überzeugung. Mitgefühl war es auch nicht, was Sophie immer wieder zu ihrem Künstler in Nebenstunden zurückkehren ließ. Nach der Trennung von Max hatte sie ihre Anstellung als Köchin in einem Hotel in Audierne verloren, was sie zum Anlass genommen hatte, ihr berufliches und privates Glück im Landesinnern zu suchen. Tatsächlich fand sie in Rennes nicht nur einen neuen Job, sondern auch den Mann, der ihr bieten konnte, wovon sie geträumt hatte. Bernard. Inhaber eines Schuhgeschäfts im Stadtzentrum. Sophie erzählte nie von ihm, wenn sie Max besuchte. Max stellte keine Fragen. Was man von Bernard wusste, war gerüchteweise bis aufs Cap gedrungen. Eine gute Partie, hieß es; groß und dennoch unauffällig, kein Operngänger, kein Marathonläufer – einer aber, der sich offenbar liebevoll um sie kümmerte und das geräumige Haus am Stadtrand möglichst schnell mit eigenem Nachwuchs beleben wollte. Dafür tat Bernard, was er tun musste. Sophie erwartete bald das erste Kind und beschloss, fortan ganz für die Familie da zu sein.

Die heimlichen Besuche bei Max aber ließ sie sich deswegen nicht nehmen. Dass es eine Capiste in der Fremde ans Meer und zu ihrer Verwandtschaft zieht,

leuchtete Bernard ein, und es war ihm eine Selbstverständlichkeit, sich während der sporadischen Abwesenheiten seiner Frau persönlich um die kleine Maëlle zu kümmern. Fast immer tauchte Sophie unangekündigt bei Max auf. Für einen Abend suchte sie seine Nähe, seinen Geruch, die Kraft seiner Arme. Es war, als wollte sie sich auf diese Weise etwas von dem bewahren, was sie nie wirklich gehabt hatte und nie hatte haben wollen. Bei Max richtete sie sich ein Refugium für ihre Träume ein. Bei ihm lebte sie in ungezwungener Heimlichkeit, für einen Tag, für eine Nacht. Und weil sie es ebenso unschuldig wie arglos tat, gab es nichts, was ihr kurzes Glück hätte trüben können.

Alle paar Monate kam sie. Alle paar Monate kommt sie noch heute, während sich Bernard zu Hause ahnungslos um Maëlle und ihre zwei Brüder kümmert. Jedes Mal bahnt Max für sie mit Säge und Heckenschere einen Weg durch das Gestrüpp des Steingartens, der ein Friedhof ist. Danach essen sie Fisch. Eine Vieille, einen Lieu Jaune. Sie trinken Muscadet, sie rauchen, und sie lieben sich.

Wenn Max am Morgen erwacht, ist das Bett da, wo Sophie gelegen hat, noch warm, das Laken riecht nach ihr. Dann geht er zur Küste, ein Findling aus Fleisch. Auf der Kanzel hockt er sich hin, schaut übers Wasser, bis er sich wieder spürt. Seine Kanzel. Meine Kanzel. Wann immer ich sie betrete, denke ich an ihn, den Friedhofsgärtner, den Freund, der er mir bis heute ist.

Und ich denke an Véro. Jeden Tag lege ich einen Stein auf den Haufen, jeden Tag zerreiße ich ein Bild

von ihr – bis es unseren Urlaub hier so nicht gegeben haben wird. Stundenlang sitze ich auf meiner Terrasse. Ich rede in den Wind, oder ich schreibe auf, was mir einfällt. Manchmal gehe ich den Küstenweg auf und ab, spreche aufs Band, was ich zu sagen habe. Eine Botschaft habe ich nicht. Keine Fragen und keine Antworten. Nicht bei diesem Blau, das sich seit Tagen hält. Nicht abends im Chambre d'hôtes, wo ich versuche, am Laptop den Überbleibseln des Tages eine Form zu geben, oder auch nicht.

Viel habe ich gemacht in den vierzehn Tagen, seit ich hier bin. Getan ist wenig. Der Körper braucht Zeit. Der Kopf. Sprache wächst langsam nach. Dabei ist in drei Wochen Schulanfang. Spätestens dann wird der Versuch meines Anfangs beendet sein müssen. Ich werde die Klassen begrüßen, wir werden weiterfahren, wo wir vor den Ferien stehengeblieben sind. Gebirge Europas mit der zweiten, Mecklenburgische Seenplatte mit der dritten, Permafrost und Klimawandel mit der sechsten. Noch aber zerreiße ich jeden Tag ein Bild von Véro, stopfe die Schnipsel in den offenen Kopf einer Langoustine, werfe ihn über den Rand der Kanzel. Dann schließe ich die Augen und stelle mir vor, wie der gefüllte Krebs unten aufschlägt oder geschluckt wird von der steigenden Flut, die es hier nicht gibt. So trenne ich mich von Véro, ein Jahr danach. Portionenweise gebe ich etwas von ihr her, alles, weil es anders nicht geht. Weil es irgendwie gehen muss. Krabbenfutter. Was für ein Wort.

Du, auf der Pointe de Penharn. Hinter dir der Abgrund, im Dunst die Presqu'île de Crozon. Du stehst auf einem Bein, die Arme und das andere Bein weit ausgestreckt, den Kopf schief gelegt und den Oberkörper leicht abgewinkelt. Der Westwind bläst dir das offene Haar ins Gesicht. Du scheinst zu fallen, aber du fällst nicht, du stehst in sicherer Balance auf einem der äußersten Felsbrocken. Eine Gewohnheit von dir, die ich nie verstanden habe.

Es gibt Dutzende Fotos, die dich so zeigen. Aufnahmen im Gebirge, am Meer, und immer ist dir ein spontanes Glück ins Gesicht geschrieben. Das Glück des Adlers, der seine Kreise zieht, das Glück der Möwe im Wind. – Manchmal, wenn die Lebensfreude unversehens zum Übermut wurde und dich der Leichtsinn anfiel, bist du davongerannt, auf irgendeinen exponierten Felsblock geklettert, die Schwingen ausgebreitet zum Flug. Minutenlang standest du in prekärer Schräglage, simuliertest auf einem Bein die perfekte Schwerelosigkeit, während ich mich beeilte, den Foto-

apparat aus dem Rucksack zu nehmen und dich abzulichten, auf dass der Spuk ein Ende habe.

Wie du auf diesen Bildern strahlst, Véro. Auch auf dieser Aufnahme. Du strahlst wie eine, der das Glück alle Glieder langzieht. Und ich habe dich nie gefragt, weshalb.

Vielleicht hätte ich mit einem Plan herkommen sollen, einer Strategie für meinen Anfang. Die gemeinsam besuchten Orte nicht nur vergegenwärtigen, sondern bewusst aufsuchen: Da war ich mit Véro, dort war ich mit Véro, hier bin ich allein. Vielleicht sollte ich erst einmal die kindische Fotozerreißerei lassen. Stattdessen könnte ich mir Aufgaben stellen. Kleine, leicht zu bewältigende, und jede einzelne wäre Voraussetzung für die nächst schwierigere. Vor Ablauf meines Aufenthalts würde ich die Konfrontation suchen, denn eine Konfrontation müsste es geben. Schockheilung. Danke, gut. Der Patient kann gehen.

Wenn das so einfach wäre. Es gibt Momente hier oben, da weiß ich nichts mehr. Losgelöst von allem und am meisten von mir selbst räsoniere ich im Kreis herum, bis mir schwindlig ist. Dann schlafe ich ein. Und wenn mir auch das nicht gelingt, rotiere ich weiter, bis sich der Himmel auftut. Aber der Himmel tut sich nicht auf. Immer fliegt zur Unzeit eine krächzende Möwe ins Bild. – Bin ich mit Max an der Küste unterwegs, hebt er manchmal den Zeigefinger

und sagt: Wir bedrohen ihr Nest. Oder: ein verliebtes Männchen. Oder: Streit ums Essen. Er spricht von Flugruf, Katzenruf, Alarmruf. Ich sage: Ich will sie fliegen sehen. Sie sollen fliegen, die Künstler, aber dieses Gejammer und Gekrächze – das klingt für mich alles gleich, und es tut mir weh in den Ohren.

Vater hat mich einmal mitgenommen auf eine Vogelstimmenexkursion, bei uns im Wald. Die von einem Ornithologen geleitete Wanderung begann ganz in der Nähe der Holzhütte, die ich mit Thomas, einem Nachbarjungen, gebaut hatte. Der Bretterverschlag diente uns als Ausgangspunkt für unsere Abenteuer mit Rehen, Füchsen und Wildschweinen. Um vier in der Früh war das kleine Männergrüppchen vollzählig, ich war das einzige Kind. Noch nie hatte ich mitten in der Nacht aufstehen dürfen; jetzt stand ich noch vor Tagesanbruch gewissermaßen in meinem Revier. Das Rascheln der Blätter unter den vielen Füßen, knackende Äste, die Schatten und Schattierungen der Dunkelheit. Alle gingen schweigend, nur der Exkursionsleiter flüsterte ab und zu etwas, was ich nicht verstand. Kaum getraute ich mich zu atmen. All die Keiler, die ich hier mit Thomas müde gehetzt, niedergestochen und über dem offenen Feuer gebraten hatte – ich war überzeugt, sie lagen auf der Lauer. Ich wusste, sie würden sich rächen. Dass sie das Recht dazu hatten, stand außer Zweifel. Während die Männer irgendwelchen Vogelstimmen nachhorchten, ging ich auf meinen eigenen blutigen Tod zu. Doch die Keiler tauchten nicht auf, sie ließen mich auf das

Verderben warten. Dass ich nicht wusste, was sie vorhatten, raubte mir meinen kleinen Verstand. Nach ein paar Minuten Vogelstimmenexkursion hätte ich alles dafür gegeben, auf der Stelle in Stücke gerissen zu werden, dann hätte wenigstens alles ein Ende gehabt.

Die Keiler aber schienen einen anderen Plan zu haben. Als ich zwischen den Baumstämmen erstes Licht ahnte, wurde mir klar: Ich lebte noch, und ihre Rache war weit teuflischer, als ich befürchtet hatte. Meinen imaginierten Tod wollten sie, nicht den richtigen. Tausend solcher Tode wollten sie mich sterben lassen. Nacht für Nacht würden sie mich heimsuchen, und finden würden sie mich überall. Den rasenden Puls im Hals, tat ich Abbitte, stammelte wortlos in mich hinein, was ich nicht hinausschreien konnte. Ich schwor bei Wicki, Flipper und bei Winnetou, dass weder Thomas noch ich je wieder einem Wildschwein zu nahe treten und dass wir ab sofort bessere Menschen sein würden.

Während meiner verzweifelten Beteuerungen begann ich mich wieder zu spüren. Im langsam wachsenden Licht erkannte ich die vertraute Welt. Ich sah vor mir die Gruppe von Männern, Vater, der mir zuzwinkerte und in irgendeinen Baumwipfel zeigte. Dann hörte ich die Vögel. Fitis, sagte der Leiter. Kleiber, Zilpzalp. Ein Konzert. Die Vögel sangen, und die Männer staunten. Es war ein einsilbiges Konzert. Ich konnte die vielen Stimmen nicht unterscheiden. Kehllaute, mehr habe ich nicht gehört. – Das ist heute noch so, und ich habe dafür keine Erklärung. Dutzende

von Tierlauten kann ich unterscheiden, Vögel aber haben immer dieselbe Stimme. Was sie auch reden, sie sagen mir nichts. Max weiß das. Er weiß, dass ich mir Möwen allein aus diesem Grund stumm wünsche. Und er nimmt es mir übel. Aber mir geht der Himmel nicht auf; immer fliegt im entscheidenden Moment eine sinnlos krächzende Möwe ins Bild.

Wenn ich etwas zu tun hätte, Handarbeit, irgendeine körperliche Herausforderung. So sehr ich es mir wünsche, hier ist kein Essen zu beschaffen, kein Unterstand zu bauen. Ich brauche mich weder gegen wilde Tiere noch gegen Kannibalen zu schützen. Keine ungebetenen Gäste in Sicht, nie. Zwar tauchen ab und zu Küstenwanderer auf, drüben beim Lavoir. Je nach Wind höre ich sogar ihre Stimmen; auf meine Kanzel aber hat sich noch keiner verirrt. Nicht einmal ein streunender Hund, geschweige denn ein Papagei oder ein Freitag. Robinson war vielleicht gar nicht so unglücklich auf seiner Insel. Wie soll man unglücklich sein, wenn man von früh bis spät damit beschäftigt ist, sich ein neues Leben zu erfinden. Nachts vielleicht, ja, wenn man erschöpft auf einer selbst gezimmerten Pritsche liegt. Dann kommen die Gedanken. Dann wird so ein Leben einsam. Man zählt im dämmrigen Geist die Kerben durch, die man ins Kreuz geritzt hat, man hofft, dass nicht mehr viele dazukommen werden. Und während man hofft, weiß man, dass es diese Hoffnung nicht gibt.

So sind meine Tage hier. Jeder Tag wie eine Nacht von Robinson. Ich lege einen Stein auf den Haufen,

und schon dreht sich das Karussell im Kopf. Und wenn sich kein Karussell dreht, quält mich undurchsichtiges Gedankengestöber. Ich schichte den Steinhaufen um und zähle die Tage, die mir noch bleiben. Wie klar die Welt mit einem Mal wird, wenn sie sich in Zahlen gliedern lässt. Fünfzehn. Einundzwanzig. Manchmal machen mich Zahlen leicht. So lange, bis ich mir der Zwischenräume bewusst werde. Das richtige Leben ist immer dazwischen.

Fünfzehn. Einundzwanzig. Was war, und was sein wird. Dann kommt die Leere. Sie auszuhalten, auf einer Steinkanzel am Ende der Welt, das ist das Schwierigste. Es ist eine Form der Einsamkeit, die mit nichts zu vergleichen ist. Ich liege da, der Himmel hat keine Farbe, die Möwen sind stumm. Dann und wann steigt eine vage Erinnerung auf. Ein Bild, das mehr Gefühl ist als Inhalt und Form. Der Blick ins Kaminfeuer; das eigene Kaugeräusch; der Blick auf die Uhr, immer wieder der Blick auf die Uhr. Oder ein Wort schießt ein. Doggybag. Rucola. Balconette. Matmatah. Wörter, die kommen und gehen. Ohne erkennbaren Anlass tauchen sie auf und versinken im selben Moment in ihrer eigenen Sprachlosigkeit.

Ein Wort allerdings, eines der vielen Wörter, die gekommen sind in den letzten Monaten, ist geblieben. *Konfrontation.* Es begleitet mich, es belästigt mich – mit einer Aufdringlichkeit, der ich mich immer weniger entziehen kann. Mittlerweile bilde ich mir tatsächlich ein, ich müsse hier auf einen finalen Showdown hinarbeiten, mit fünfwöchigem Anlauf einen Salto

mortale in die definitive Heilung vollführen. Als wäre ich nicht permanent konfrontiert. Mit lauter Abwesenheit. Wie Véro in jedem Augenblick nicht mehr da ist, wie sie nie mehr da sein wird, das ist mir weiß Gott Konfrontation genug. Ich werde das Wort zum Schweigen bringen, fünfzehn, einundzwanzig, aber ich lasse mir nicht vorschreiben, wie das zu geschehen hat. Ich werde einfach weitermachen. Keine Mätzchen, kein Holterdiepolter. So, wie es kommt, will ich auf all das zugehen, was mich von Véro wegführt. Und dabei lasse ich mich einzig von meinen Impulsen leiten.

Anfang der Woche etwa bin ich aus einem spontanen Gefühl heraus zu Jeanne an die Nordküste gefahren. Ihre Kneipe in Pors Théolen, direkt beim gleichnamigen Hafen, heißt zwar Buvette, doch wer es einmal dahin geschafft hat, ist chez Jeanne – und die Wahrscheinlichkeit, nicht allein bei ihr zu sein, beträchtlich. An jenem Vormittag war Edouard da, der Landschaftsmaler, der es dank seiner Wolkenaquarelle wenigstens auf dem Cap zu einigem Ansehen gebracht hat. Vor ein paar Jahren hatte ich ihn schon einmal bei Jeanne getroffen; mittlerweile war er noch dicker geworden. Ein unförmig aufgedunsener Leib, dem ein hochroter Kopf aufsaß. Die gegen die Sitzbank gelehnte Gehhilfe ließ vermuten, dass die Körpermasse nicht mehr aus eigener Kraft fortzubewegen war. Edouards Hund, ein haariges Knäuel, lag unter dem Holztisch und rührte sich nicht. Das

Tier lag da, als hätte einer irgendwann ein Stück Fell auf die Fliesen gelegt und es dann vergessen.

Edouard unterhielt sich mit einem Mann, den ich nicht kannte. Das ledrige Gesicht, die aufgequollenen, rissigen Hände und der dunkelblaue Wollpullover ließen mich vermuten, dass er Fischer war. Die beiden schauten nicht auf, als ich die Buvette betrat. Jeanne grüßte beiläufig, füllte die Weingläser der beiden einzigen Gäste nach, während ich mich an einen der Tische gegenüber setzte. Als Jeanne meine Bestellung aufnahm, spürte ich die Blicke der beiden Männer. Sie schauten abwechselnd die Wirtin, dann mich an, schienen erstaunt, dass sich schon am Vormittag ein Fremder hierher verirrte.

Ich bin ein Freund von Max, sagte ich, zu Edouard gewandt. Ich – wir sind uns hier schon mal begegnet. Fünf Jahre sind das her, mindestens. Wir haben uns über die französischen Impressionisten unterhalten. Pont-Aven, Gauguin und die andern. Danach haben Sie uns im Atelier Ihre Wolkenbilder gezeigt.

Schon bei Max' Name hatte sich seine Miene aufgehellt, jetzt schlug er sich mit der Hand aufs Knie. Dachte ich mir's doch, sagte er und stieß den Fischer mit der Schulter an. Max – kennst du doch auch! Max le Breton, Sculpteur de pierres. Schwer in Ordnung, der Junge. Ich meine – für einen Ausländer.

Der Fischer zog die Augenbrauen hoch, die zerklüftete Stirn verriet Zustimmung. Mir war klar, dass weder Edouard noch Jeanne sich an mich erinner-

ten, der Hinweis auf Max aber hatte funktioniert. Der Freund des Steinbildhauers war hier willkommen. Sie hatten Max seit Monaten nicht gesehen, was sie wortreich bedauerten.

Kluges Kerlchen, sagte der Fischer. Ich kenne keinen, der schneller lernt. Aber Fischer will er ja partout nicht werden.

Ein Künstler eben, sagte Edouard.

Eh bien, sagte ich, das liebe Geld.

Davon sprachen wir eben, sagte Edouard, und Jeanne brachte mir meinen Wein. Nichts ist mehr wie früher, fuhr er fort. Die Landwirtschaft geht vor die Hunde, die Fischerei kämpft ums Überleben, die Arbeitslosigkeit wächst noch immer, und die Abwanderung der Jungen – verheerend. Aber was willst du, das Rad dreht sich immer weiter, und irgendwie kommt die Karre vom Fleck.

Fragt sich nur, wohin, sagte der Fischer. Er hob das Glas, schaute mich an. Jean Le Bars, sagte er, freut mich. Und dann, zu Edouard gewandt: Fragt sich nur, wohin.

Edouard ließ mir keine Gelegenheit, mich auch vorzustellen. Was heißt hier *wohin*, sagte er. In die Zukunft natürlich. Und zwar in eine, die uns schon jetzt wehtut. Gestern hab ich mal wieder erlebt, wie weit wir schon sind. Ich fuhr zur Pointe de Brezellec, ging mit meinen sechs Beinen ein paar Schritte auf dem Sentier côtier; ich muss mich ja bewegen, sagt der Arzt. Also ihr kennt diese Sentiers, ausgewaschene Furchen, ich krieg da kaum einen Fuß

vor den andern. Jedenfalls, was liegt da vor mir auf dem Boden, mitten auf dem Weg? Eine tote Maus. Eine ausgetrocknete, vollständig leergefressene Maus.

Edouard hatte den Blick gesenkt, die Unterarme auf dem Tisch aufgelegt. Jean Le Bars brütete über seinem Glas. Meine Anwesenheit war vorläufig nicht mehr von Belang, doch ich hatte Zeit, und ich war bereit, auf meine Chance zu warten.

Jetzt kommt's, sagte Edouard. Ich habe ja im ersten Moment selbst nicht geglaubt, was für ein Gedanke mir beim Anblick des Mäuschens durch den Kopf geschossen war. Ich weiß nicht wieso, aber ich habe gedacht: Das arme Tier – hat sich, wund, wie es war, durch Gras und Heidekraut gekämpft, sich aus dem Gelände auf den offenen Weg gerettet – und wieso hat es das getan? Damit der Rettungshelikopter leichter landen kann, habe ich gedacht. Unglaublich, nicht? Du siehst ein totes Mäuschen und denkst an einen Rettungshelikopter!

Edouard nahm einen Schluck, ohne aufzublicken. Jean Le Bars schaute mich an, seine linke Augenbraue zuckte. Jeanne schnitt Käse, drapierte Schinkenröllchen auf einen Teller. Seit dem Tod seiner Frau leistete sich Edouard zweimal pro Woche ein spätes Frühstück in der Buvette.

Du solltest mehr in die Wolken schauen, lieber Künstler, sagte Jean Le Bars. Den Blick nach unten überlass besser mir. Edouard entgegnete nichts. Er schüttelte den Kopf und leerte das Glas.

Halb aus Höflichkeit, halb aus echter Neugier erkundigte sich Jean Le Bars nach meinen Unternehmungen hier. Ob ich mit Max das Meer studiere oder nur an der Küste herumlungere und Fisch esse, hier, am Anfang der Welt. – *Am Anfang der Welt*, hat er gesagt. Für einen wie Jean Le Bars liegt das Cap am Anfang der Welt. Da können die Kartographen und Politiker noch so lange behaupten, das Cap sei ein Teil des Departements Finistère; für die Capistes wird das Cap immer der Bug Europas sein. – *Penn ar Bed*, dachte ich. Während ich versuchte, dem Blick von Jean Le Bars standzuhalten, spielte ich mit dem Gedanken, den wahren Grund für meinen Aufenthalt hier preiszugeben. Dann antwortete ich nur, ich sei tatsächlich hergekommen, um das Meer verstehen zu lernen. Schön, sagte Jean Le Bars, hast du ein Leben lang Zeit? Noch gut drei Wochen, sagte ich, aber ich lerne jeden Tag dazu. Jean Le Bars lachte, die Erheiterung zerfurchte sein Gesicht. Er sah jetzt sehr alt aus, dabei war er, wie ich später bei Max erfuhr, erst Mitte fünfzig.

Gut, sagte er, und die Furchen um den Mund glätteten sich. Lektion eins: Das Meer gibt, und das Meer nimmt. Es ist immer das Meer, das entscheidet. Lektion zwei: Das Meer macht keine Fehler. Jean Le Bars schwieg. Ich schaute ihn erwartungsvoll an, aber er betrachtete den Einführungskurs offensichtlich als abgeschlossen. C'est tout, sagte er, griff nach dem Glas und schob nach: Alles andere braucht man nicht zu wissen; man erfährt es am eigenen Leib.

Da hilft dann auch kein Rettungshelikopter, sagte Edouard. Er würgte an einem zu großen Stück Käse, spülte nach mit Wein. Das wenigstens, sagte er und streckte mir die Tageszeitung entgegen, das wenigstens ist noch, wie es immer war. Eben, sagte Jean Le Bars. Man erfährt es am eigenen Leib. Krabbenfutter, sagte er und kniff die Lippen zusammen.

Ich überflog die Titel der Zeitungsartikel, blieb in der Randspalte hängen. In einer Kurzmeldung teilte die zuständige Behörde mit, dass die Suche nach einer dreiundvierzigjährigen niederländischen Staatsangehörigen eingestellt worden sei. Gemäß übereinstimmenden Berichten sei die Urlauberin am Wochenende auf der Pointe de Brezellec ausgerutscht und ins Meer gestürzt. Ich konnte nicht vom Blatt aufschauen. Nicht in diesem Moment. Was Edouard und Jean Le Bars aus meinem Gesicht gelesen hätten, war nicht für sie bestimmt.

Ich faltete die Zeitung zusammen, schob sie in die Mitte des Tisches. Ja, sagte ich, Krabbenfutter. Ich schaute zwischen den beiden hindurch an die Wand, wo ein ungerahmtes Bild hing. Es war ein Aquarell von Edouard; jedenfalls schien mir diese Vermutung naheliegend: eine düstere Wolkenfahrt im Sturm, eine apokalyptische Szenerie, die ausschließlich aus Wolken und Wasser bestand.

Eh man sich's versieht, sagte ich, tastete in der Hosentasche nach ein paar Münzen. Und von dir bleibt nur eine Handvoll Bilder – für die anderen.

Ich legte das Geld für drei Gläser Wein auf die Zeitung. Als ich aufstand, rührte sich das Fell unter dem Tisch. Mir war, als hätte ein träger Impuls sein linkes Ohr bewegt.

Manchmal glaube ich es wirklich: Das Wasser hier wirkt Wunder. Die schuppigen Hautstellen in den Kniekehlen und an den Ellbogen sind praktisch verschwunden. Der Juckreiz, selbst im Gesicht, ist bis auf gelegentliche Schübe in der Nacht abgeklungen.

Auf den Gedanken, dass das Wasser dafür verantwortlich ist, bin ich während eines Gesprächs mit Max gekommen. Auf einem Spaziergang nach Pors Loubous klärte er mich über die geologischen Besonderheiten des Caps auf, referierte über die Entstehung von kristallinen Gesteinen, Schichtsilikate, die spezielle Zusammensetzung des Granits hier an der Küste. Was er sagte, kam mir nicht unbekannt vor, von meinem universitären Grundwissen in Geologie war aber offensichtlich weniger geblieben, als ich immer geglaubt hatte. Max dozierte ohne Punkt und Komma, hob immer wieder Steine auf, wies mich auf bestimmte Formationen hin, kam vom Hundertsten ins Tausendste. Während ich mich zunehmend auf frische Muscheln in Pors Loubous freute, schlug er abenteuerliche Bögen über die vielgestalti-

gen Effekte der Erosion bis zu den Wasserspeicheranlagen und ihrer Funktionsweise. Da erst ging mir ein Licht auf: Kalk! – Dem Wasser auf dem Cap fehlte der Kalk. Die Allergie, die mich seit der Rückkehr aus dem letztjährigen Urlaub mit Véro quälte, hatte mit der Härte des Wassers zu tun.

Ich hätte das auch früher herausfinden können, doch aus Scham bin ich nicht zum Arzt gegangen, obwohl niemand meine Gebresten besser kennt als er. Die rheumatischen Schmerzen, das Lipom am Rücken, die gekrümmte Nasenscheidewand. Beim Routine-Check entdeckt er sämtliche Auffälligkeiten, auch die, die mir keine Beschwerden verursachen. Dem kleinsten Zipperlein gibt er einen wichtigen Namen und macht mich mit einem verschwörerischen Lächeln jedes Mal ein kleines bisschen kränker. Dieses Lächeln ist mir seit Jahren ein verlässlicher Begleiter. Im Moment der unerwarteten Diagnose hilft es mir über alles hinweg. Es trägt mich sanft hinein in einen Kreis von Leidensgenossen, vermittelt mir ein heilsames Aufgehobensein.

Ich hätte meinem Arzt von Albträumen berichten können, von Appetit- und Antriebslosigkeit, von sporadischen Blasenbeschwerden und von der Dunkelheit der Tage; er hätte gelächelt und mir die entsprechenden Fachbegriffe mitgegeben. Wie aber hätte ich ihm eine selbst diagnostizierte Wasserallergie zumuten können? Das gute Einvernehmen mit meinem Arzt wollte ich nicht leichtfertig aufs Spiel setzen; so machte ich mich im Internet auf die Suche nach

Mit-Allergikern und ihren Krankenberichten. Viel war nicht zu finden, ein paar Seiten immerhin, auf denen von ähnlichen, wenn auch ungleich gravierenderen Symptomen berichtet wurde. Immer aber standen die dort dokumentierten Wasserallergien im Zusammenhang mit genetisch bedingten Autoimmunerkrankungen. Soweit ich Bescheid wusste, traf dies in meinem Fall nicht zu, keiner meiner direkten Vorfahren hatte je von einer Wasserunverträglichkeit berichtet. Mütterlicherseits dominierten in meinem Stammbaum Leberkrebs und Rheuma, während sich in der väterlichen Linie Diabetes und Schwermut eingenistet hatten. In meinem Erbgut müsste also eine Mutation stattgefunden haben; das für Wasser zuständige Gen wäre ganz einfach falsch codiert worden. Was für eine Vorstellung – allein *Mutation* klang wie ein endgültiges Urteil. Und selbst wenn das nicht zuträfe, die Diagnose würde unsicher bleiben. Für einmal würde der Arzt nicht lächeln. Seinem vorwurfsvollen Blick wäre nicht zu entnehmen, ob er mir die Allergie vorhielte oder sich selbst den zweifelhaften Befund.

Mein Weg in die Abteilung der belächelten Psychosomatiker wäre damit jedenfalls vorgezeichnet gewesen, und dies war nun wirklich das Letzte, was ich nach allem verdiente. Umso mehr, als ich mir ja längst selbst eingestanden hatte, psychosomatisch zu reagieren. In gewisser Weise war ich sogar stolz auf meinen Körper. Offenbar war er intelligent genug, das Element, das ihn bedrohte, von sich fernzuhalten, oder sich doch nach Kräften dagegen zur Wehr zu

setzen. Mir blieb nichts, als die allergischen Reaktionen anzunehmen, den Juckreiz und die schuppigen Rötungen, die erst Stunden nach dem Wasserkontakt abklangen. Dabei half mir die Vorstellung, die Symptome seien geheimnisvoller Ausdruck der Verbundenheit mit Véro, so etwas wie die erleb- und erleidbare Hinterlassenschaft unserer Liebe.

Und das alles soll also umsonst gewesen sein? Alles nur eine Frage der Geologie? So wunderbar es ist, dass meine Wasserallergie hier draußen beinahe ganz abgeklungen ist, so ernüchternd erscheint die Erklärung, die dahinter steht: Es ist nichts als der Kalk, der dem Wasser hier fehlt.

Du, auf der Kanzel. Liegst auf dem viel zu kleinen Frotteetuch, das du im Chambre d'hôtes eingesteckt hast. Die zusammengefalteten Jeans sind dein Kopfkissen, das T-Shirt schützt Augen und Stirn vor der Sonne. Dein rechtes Bein ist angewinkelt, der linke Arm seitlich zu mir ausgestreckt. Die Hand scheint nach etwas zu tasten; sie ist vom Bildrand abgeschnitten. Um deine Beine wachsen strauchige Flechten, lindengrün. Neben der rechten Schulter der Rucksack, das Höschen, die leere Flasche Muscadet und die gekochte Seespinne. Das Arrangement hat nichts Anstößiges, nicht einmal etwas Erotisches. Du liegst einfach da, so, wie du eben daliegst. Ganz selbstverständlich, ganz du. Du fragst jemanden nach dem Weg, du legst dich auf irgendeinem Felsvorsprung in den Wind, du spülst das Geschirr, du ziehst dich auf meiner Kanzel aus – es ist dasselbe.

Deine Brüste sind nicht mehr ganz voll, die Falten am Hals und am Bauch sind unübersehbar, doch du trägst sie mit einer Fraglosigkeit, die sich von Anfang an auf mich übertragen hat. Nein, ich fand dich nie

zu alt. Ich fand dich immer so, wie du warst. Und so, wie du warst, warst du schön.

Zugegeben, vor der ersten Begegnung mit dir hätte ich es nicht für möglich gehalten, mich auf eine zehn Jahre ältere Frau einzulassen. Nur in den letzten Schuljahren hatte ich zusammen mit den Jungs in der Klasse davon geträumt, von verruchten, großbusigen Damen in die Liebe eingeführt zu werden, wir schauten uns heimlich Filme an und onanierten dazu. Aber eine Liebesbeziehung zu einer älteren Frau kam für mich nie ernsthaft in Frage. Bis vor etwa drei Jahren.

Du warst schon eine ganze Weile von deinem zweiten Mann geschieden, ich war dabei, mich im Leben neu einzurichten, nachdem meine Partnerin praktisch über Nacht beschlossen hatte, dem Ruf ihres rundumerleuchteten Gurus zu folgen und nach Indien auszuwandern. Ein letztes Mal noch hatte ich mich dazu überreden lassen, für den Naturschutzbund eine Führung durch die Auen zu machen. Vielleicht ein Dutzend Leute folgten meinen Ausführungen über die Dynamik von Flusslandschaften, die Biodiversität in Altarm-Bereichen und Hartholzauen. Ich führte die Gruppe auf den Spuren von Wildschweinen, zeigte ihr Laichplätze auf Kiesbänken, Biberbauten und Fraßschäden am Gehölz.

In der Fragerunde nach der Führung strecktest du auf und sagtest: Verstehen Sie auch was von Vögeln? Du warst in der Gruppe nicht aufgefallen, hattest dich nie vorgedrängt, selten nachgefragt. Entsprechend war deine Frage auch ganz sachlich und neu-

tral gestellt. Kein Angriff, keine Bloßstellung. – Du bestellst einen Tequila Sunrise, du bedienst dich in der Gemüseabteilung, du fragst: Verstehen Sie auch was von Vögeln?

Seit der Eröffnung des Auenschutzparks ein Jahr zuvor hatte ich über ein Dutzend Führungen gemacht, war zur Verfügung gestanden, wenn die beiden Biologen krank oder im Urlaub waren. Die eine Frage, die einzige, vor der ich mich immer gefürchtet hatte – du hast sie gestellt.

Über ihre Doppeldeutigkeit lachten wir erst viel später. Überhaupt lachten wir oft über deine Bemerkung. War die Lampe im Flur defekt, funktionierte die Internetverbindung mal wieder nicht, war ein Kaninchenrücken zu tranchieren – du sagtest: Verstehen Sie eigentlich auch was von –? Und wir lachten.

Dabei hattest du damals meine wunde Stelle getroffen. Zweifellos wäre die Artenvielfalt der Vögel ein zentrales Thema auf einer solchen Führung gewesen; sie hatten uns mit ihrem vielstimmigen Gesang ja auch auf dem ganzen Weg begleitet. Nur, was sagen über etwas, was man nicht kennt? Für mich flöteten, sangen und riefen alle mit einer Stimme. Hätte ich einen der kleinen Flieger im Schilfrohr oder irgendwo im Geäst gesehen, ich hätte ihn mit Sicherheit am Gefieder, am Gang, an der Haltung erkannt. Aber Gehör für diese Tiere hatte und habe ich keines.

Deine Frage hatte mich vor allem vor mir selbst entlarvt – ein Pseudonaturkundler, der Führungen machte, ohne die leiseste Ahnung von Vogelstimmen

zu haben. Einzig mit einer professionellen Antwort konnte ich mich einigermaßen aus der Affäre ziehen. Ich verweise Sie gern an unseren Chef-Ornithologen, sagte ich. Eine Kapazität. Er bietet spezielle Vogelexkursionen im Auenschutzpark an. Wenn Sie mir einen Kontakt hinterlassen, schicke ich Ihnen gern die entsprechenden Informationen. Tatsächlich zücktest du auf der Stelle deine Karte. Floristin. *Vita verde*, in der Oberstadt.

Das war unser Anfang, Véro. Der mit dem Hördefekt. Die mit der Killerfrage. Zwei Wochen später gab es keine Fragen mehr. – Du föhnst dir die Haare, du wählst eine Telefonnummer, du ziehst dich aus. – Deine Nacktheit war mir von Anfang an eine wunderbare Selbstverständlichkeit. Wohl war Attraktivität bei der Wahl meiner Partnerinnen immer ein wichtiges Kriterium gewesen; nie aber hatte ich bisher Schönheit als Ganzes erlebt.

Und ich hatte keine Fragen. Damals nicht und später nicht. – Wie du auf meiner Kanzel lagst, nackt bis auf das T-Shirt, das Augen und Stirn bedeckte, wurde mir bewusst, dass ich es tatsächlich noch immer für möglich hielt, irgendwann Kinder zu haben.

Du erzähltest vom bevorstehenden Besuch deiner Tochter. Sie hatte dir eine SMS geschrieben und sich für den Abend deiner Rückkehr aus dem Urlaub angekündigt. Dana. Sie hatte sich früh von zuhause und insbesondere von dir verabschiedet. Sie hatte dir nie verziehen, dass du die Beziehung zu ihrem Vater abgebrochen und einen anderen geheiratet hattest.

Dana schmiss die Berufslehre, ließ sich von wechselnden Männern aushalten oder jobbte an der Kinokasse. Sie verweigerte jeden Kontakt mit dir, bis sie eines Tages wieder vor deiner Tür stand, schwanger von einem One-Night-Stand, auf die Straße gesetzt von ihrem Freund.

Viel mehr als ein paar Fakten hast du vom Leben deiner Tochter nie preisgegeben, Véro. Dass du sie mehr als alles andere liebtest, brauchtest du nicht zu sagen. – Wie du auf meiner Kanzel von ihr erzähltest, berührte mich deshalb so sehr, weil ich mit einem Mal begriff, was es bedeutete, nicht nur für sich selbst verantwortlich zu sein. So vertraut mir der Gedanke an Kinder und Familie auch war, konkret hatte ich nie darüber nachgedacht. Auch nicht in der Beziehung mit dir. Du warst mir Liebe genug. – Aber es gab Dana. Dein Kind.

Du kümmertest dich um sie, als wäre sie nie abgehauen. Besorgtest ihr eine Lehrstelle, eine kleine Wohnung, halfst ihr mit dem Kleinen. Einmal trafen wir uns zu dritt zum Essen. Dana bemühte sich nicht, ihre Abneigung zu verbergen. Vom einzigen Mann, den sie an deiner Seite geduldet hätte, fehlte seit Jahren jede Spur.

Nach der Begegnung mit Dana verstand ich, dass ich nie eine Familie haben würde, ob ich eine wollte oder nicht. Bedauert habe ich das nie, Véro, so merkwürdig es klingt. Auch das gehörte zu dir und zu uns, dass wir keine andere Wahl hatten. In der Fraglosigkeit unserer Beziehung lag auch das Wissen, dass wir

nichts werden konnten, als einander in jedem Augenblick genug zu sein. So, wie wir es hier auf der Kanzel gewesen sind. Gelebte Gegenwart.

Ich nahm die Kamera aus dem Rucksack, fuhr das Objektiv aus. – Du hast das Surren gehört, Véro, gegen den Wind. Oder meine Gedanken gelesen. Selber schuld, hast du einmal gesagt, du weißt doch, dass ich bei offenen Büchern nicht widerstehen kann. Unzählige Motive hast du lesend vorbereitet. Auch dieses. Und ich habe nie etwas bemerkt.

Ohne das T-Shirt vom Gesicht zu nehmen jedenfalls, beugtest du auch das linke Knie, aufreizend langsam. Mit beiden Händen zogst du die Füsse zum Becken, verharrtest, dein Bauch vibrierte vor Anspannung. Als ich den Auslöser drücken wollte, spreiztest du die Beine. Dein offenes Geschlecht glänzte in der Sonne. Na los, sagtest du und legtest einen Finger zwischen die Lippen. Drück schon ab! Vielleicht brauchst du so ein Bild mal in der Not. Ich hatte irrtümlich den Zoom-Knopf gedrückt, und bevor ich wieder die richtige Distanz zu dir hatte, schlugst du die Knie zusammen und lachtest. Sie sind ein schlechter Fotograf, sagtest du. Aber vielleicht verstehen Sie ja was von Vögeln.

Dieses eine Mal haben wir uns auf der Kanzel geliebt. Und manchmal denke ich, wie es wäre, ein Kind von dir zu haben.

Was man tut, und was nicht. Was geschieht, und was nicht. Damals, an jenem Tag, berieten Véro und ich beim Frühstück, was wir unternehmen wollten. Eine nicht ganz ungefährliche Klettertour auf die Pointe du Raz, auf die letzten Brocken Festland, hatte sie schon am Vorabend abgelehnt. Ihr war nicht nach Ende der Welt zumute. Also schlug ich vor, megalithische Grabbauten in der Umgebung zu besichtigen oder nach Guilvinec zu fahren und uns durch den imposanten Fischerhafen führen zu lassen. Weder vom einen noch vom andern war Véro zu überzeugen; sie wollte das schöne Wetter genießen, ein paar Muscheln pflücken an der Südküste. Max habe ihr einen Ort genannt, sagte sie, Penn ar Sont, unweit von Feunteun Aod. Und am Abend schmeißen wir die Moules bei Max in die Pfanne. Dazu ein Baguette, Salzbutter und Muscadet. Komm schon, sagte sie.

Hatte Véro Lust auf etwas, hatte sie irgendeinen auch nur halbwegs erfüllbaren Wunsch, ließ sich seine umgehende Befriedigung selten abwenden. Eigentlich nie. Sie war sich ihrer Ungeduld, ihres Hangs zur

Unverhältnismäßigkeit bewusst, und gerade deshalb waren ihre Wünsche grundsätzlich nicht verhandelbar. Als hätte ihr das Leben zu viel abverlangt und zu wenig gegeben, forderte sie in solchen Situationen alles. Alles auf einmal. So sehr ich mich innerlich gegen diesen unsinnigen Anspruch wehrte, der weder ihrem Alter noch ihrem Wesen angemessen war, so leicht war es für Véro, ihn durchzusetzen. Dem Blick, den sie dabei aufsetzte, diesem zugleich flehenden und fordernden Blick aus zusammengekniffenen Äuglein, hatte ich nichts entgegenzusetzen. Weder dem unschuldigen Kind noch der herrischen Verführerin konnte ich widerstehen.

An jenem Tag ist das nicht anders gewesen. Es ist natürlich läppisch zu behaupten, allem wäre zu entgehen gewesen, wäre ich für einmal unnachgiebig geblieben. Im Nachhinein ist jedem Verhängnis zu entkommen. Der Konjunktiv schreibt jede Geschichte neu, das Leben hingegen geht nicht in Revision. – Jetzt predige ich wie ein alter Pfarrer! Liebe Gemeinde. Dabei bin ich mein einziges Schaf! Und was predigt der Herr Pfarrer? Alte Hüte, nichts, was er nicht längst wüsste. Nichts, was sich nicht von selbst verstünde. – Genau das ist es ja. *Das Leben geht nicht in Revision.* Solche Sätze muss ich in mich hineinhämmern, damit ich sie begreife. Mit dem Zeigefinger fuchteln, die Faust auf die Kanzel schlagen. Bis das Schaf nicht nur nickt und Zustimmung blökt, sondern versteht bis ins Herz hinein.

Wie weit bin ich denn mit meinem Anfang? Nicht weiter als vor zwei Wochen. Ich behaupte, ich habe das Urteil akzeptiert, aber das stimmt nicht. Ich sage, mich trifft keine Schuld, aber es ist gelogen. Ich rede und denke und rede. Aus mir heraus, in mich hinein. Und beides ist gleich nutzlos. Ich kneife mich in die Wange, ins Bein, doch ich habe keinen Körper mehr. Und unter mir ist kein Meer. So ist das. Alles eine einzige verdammte Scheiße, Herr Pfarrer!

Ich stehe auf, gehe zwei Schritte bis zum Rand meiner Kanzel, die Zehen krallen sich an der äußersten Kante fest. Gäbe das Blau da oben Auskunft, ich wüsste nicht, was ich würde wissen wollen.

Max taucht auf, unweit der flachen Felsbank, die meiner Kanzel vorgelagert ist. Erst sehe ich den Schnorchel, dann die schwarze Taucherbrille. Max schwimmt bis zur Bank, lässt sich von einer weichen Brandungswelle auf einen unsichtbaren Felsblock tragen und klettert dann auf die Steinplatte. Während er Bleigürtel und Harpune zur Seite legt, sich die Flossen auszieht und die Markierungsboje einholt, versuche ich zu erkennen, ob an der Gürtelschnur etwas baumelt. Die Neugierde ist längst Routine geworden, denn ich kann mich nicht erinnern, dass Max je ohne Beute aus dem Wasser geklettert ist. Er nimmt zwei Fische von der Schnur, legt sie auf den Granit. Lieus Jaunes, Vieilles, von hier aus ist es nicht zu sagen. Sie glänzen in der Sonne, Flosse an Flosse. Stillleben mit Jäger.

Noch immer liegt für mich in diesem Anblick etwas Verstörendes. Dass einer aus dem Wasser steigt und tote Fische auf den Steinen auslegt. Wenn schon töten, sagt Max, dann so schmerzlos wie möglich. Für ihn ist das Ehrensache. Was der Pfeil der Harpune vielleicht nicht auf Anhieb schafft, holt Max nach, noch

bevor er wieder auftaucht. Von Hand treibt er dem angeschossenen Fisch einen Haken ins Hirn. Ich habe das einmal miterlebt, als ich ihn schnorchelnd begleitete. Seither weiß ich, dass Gnade und Brutalität einander nicht ausschließen.

Mittlerweile hat Max sich die Fische nebeneinander zurechtgelegt, schuppt sie, schneidet sie von den Kiemen her auf. Die Innereien, die er ihnen fachmännisch aus dem Leib reißt, wirft er ins Wasser und überlässt sie den Möwen.

Schon ein merkwürdiger Kerl, irgendwie. Mir steht noch immer sein strafender Blick vor Augen, wie ich auf einem unserer ersten Strandspaziergänge bei Ebbe achtlos gegen einen Stein trat. Freundlich, aber bestimmt gab er mir zu verstehen, den Stein wieder da hinzulegen, wo er hingehörte. Bodenbiologie, sagte er und deutete auf die entblößte Stelle. Mikrohabitate – Geografielehrer sollten da Bescheid wissen. Unter jedem Stein, sagte er, leben mehr Organismen als Menschen auf der Erde; es ist also nur anständig, die Finger davon zu lassen, und die Füße auch. Das ist Max. Mein Freund. Staucht mich zusammen wegen eines verrutschten Steins, taucht aber im Schelf vor Feunteun Aod in dunkle Felsnischen und schießt Fischen Metallpfeile in den Leib. Ohne mit der Wimper zu zucken. Und bei Bedarf betätigt er sich noch als brachialer Sterbehelfer.

Ich habe Jahre gebraucht, bis ich in der Lage war, ein Tier zu töten. In der Poissonnerie mied ich die Ecke, wo die Vivarien standen, war froh, wenn neben

filetiertem Fisch auch gekochte Langoustines oder Taschenkrebse im Angebot waren – bis Max darauf bestand, dass ich die Seespinne, die er von einem Tauchgang mitgebracht hatte, selbst in den Topf mit kochendem Wasser legte. So ehrlich solltest du sein, sagte er. Was man isst, muss man auch töten können; andernfalls sollte man das mit den Tieren lassen.

Ich hatte mir nie eingeredet, Fisch und Fleisch kämen in der Auslage eines Supermarktes auf die Welt, doch ich war zugegebenermaßen dankbar, dass es Menschen gab, die die Tiere für mich genussfertig machten. Lange hatte auch Max zu diesen Menschen gehört. Nun öffnete er das Tiefkühlfach, packte die Spinne am Rückenpanzer und legte sie auf den Tisch. Und ich dachte schon, ich muss sie wirklich umbringen, sagte ich. Musst du auch, sagte Max, ich habe sie nur schlafen gelegt, das hat ihr gutgetan nach der ganzen Aufregung. Mit dem Finger stieß ich gegen eine der Scheren, gegen die beiden langen Fühler; die Spinne rührte sich nicht. Die hat aber einen tiefen Schlaf, sagte ich und zog die Brauen hoch. Aber sicher, sagte Max. Wenn es richtig kühl ist, schalten solche Tierchen sozusagen auf Stand-by. Glaub mir, das sind richtige kleine Schlafmützen, die entspannen sich liebend gern zwischen gefrorenem Lammgigot und Tomatenpüree. Tauchst du sie dann ins kochende Wasser, spüren sie rein gar nichts. Bevor sie aufwachen, schlafen sie den ewigen Seespinnenschlaf.

Max deutete mit dem Kopf auf das Tier, dann auf den Topf. Ich griff nach der Spinne, hielt sie über das siedende Wasser. Mit abgewandtem Blick ließ ich sie fallen. Es war das erste Mal, dass mich meine Ehrlichkeit beelendete. Max hatte natürlich Recht, das stand außer Frage, umso mehr, als er ja Selbstversorger war und nur jagte, was er zum Leben brauchte. Das änderte aber nichts daran, dass ich von der Seespinne kaum einen Bissen runterkriegte und kräftiger als sonst mit Muscadet nachspülen musste. Auch später am Abend, bei Kartoffeln und Ziegenkäse, wurde ich den Gedanken nicht los, dass mein Spinnenmord sinnloser gewesen war, als es je einer von Max sein würde.

Wenn ich jetzt das archaische Geschehen beobachte, das sich da unten auf den Felsen abspielt, geht es mir nicht anders. Eben hat sich die mutigste der seit geraumer Zeit kreisenden Möwen etwas geholt. Den Magen, den Darm, die Schwimmblase, das Herz – was weiß ich. Ein ohrenbetäubendes Gekrächze. Max schnürt sich die präparierten Fische wieder an den Gürtel, packt seine Sachen zusammen.

Jetzt erst schaut er zu mir hoch. Er zeigt auf die Trophäen, hebt spöttisch den Kopf. So wird das nichts, Herr Pfarrer, sagt er. Mir ist wohl hier oben, sage ich, jeder Pfarrer hat seine eigene Methode, Schäfchenseelen zu retten.

Max ist nun schon so nah, dass ich sein Gesicht erkennen kann; er verzieht den Mund, schüttelt halb genervt, halb resigniert den Kopf. Mag sein, sagt er.

Doch wenn du nicht dahin gehst, wo es wehtut, packst du das nie. Meine Methode macht wenigstens satt. Für heute Abend ist gesorgt. Der eine reicht für zwei Teller; für den andern krieg ich die Kartoffeln und das Gemüse dazu. Du bist eingeladen.

Ein heiliger Ort ist es nicht, aber ein heilender. Allein jeden Tag die Steine zu zählen und einen weiteren auf den Haufen zu legen, tut gut; es gibt mir das Gefühl, etwas zu bewegen.

Mach etwas draus. So hat Max mir die Kanzel übergeben. Er drückte mir die halbvolle Flasche Lambig in die Hand – und ließ mich am Ende der Welt stehen. Ich blickte hinaus in die Pfarrei, die nun meine war, der steife Westwind trieb Regenstaffeln die Küste entlang, verwischte alle Konturen. Das Meer, hätte es unter mir eines gegeben, wäre eine unsichtbare, brodelnde Suppe gewesen. Der Gedanke, nun Pfarrer von Feunteun Aod zu sein, rührte mich. Hirt und Herde. Ich war entschlossen, mich während der fünf Urlaubswochen des Amtes würdig zu erweisen, was nichts anderes bedeutete, als mich einzulassen auf mich selbst. Die Konfrontation wollte ich suchen, wie auch immer. Die Konfrontation mit dem, was gewesen war. Die Zukunft, die es nicht geben würde, hinter mir lassen. Dann abtreten. Wie Max.

Er hatte mich am Flughafen abgeholt. In seinem knatterigen Ford fuhren wir direkt Richtung Cap. Unterwegs kauften wir Schafskäse und ein Baguette, den Lambig hatte er von zu Hause mitgebracht. Wir parkten, wo das asphaltierte Sträßchen endete, gingen den schmalen Weg bis zur Pointe zu Fuß. Ich atmete tief ein, bevor wir zur Kanzel hinunterkletterten.

Hier und heute war der Anfang. Und dafür stand mir eine ganze Küstenlandschaft zur Verfügung.

In der hintersten Ecke der Kanzel hockten wir uns hin. Max schnitt den Käse, brach das Baguette in zwei gleich große Hälften, ich öffnete die Flasche. Eine Weile aßen und tranken wir schweigend, dann sagte er: Also die feierliche Rede spar ich mir. Maximale Reduktion, du weißt ja. Maximale Freiheit, sagte ich und zog den Korken aus der Flasche. So ist es, sagte Max. Eine Kanzel brauche ich dafür nicht. Nicht mehr. Ich habe mir gesagt, was bis hierher zu sagen war. Ich habe getan, was zu tun war. Die Kanzel gehört dir. Seine Stimme klang anders als sonst, rauchiger. Etwas Brüchiges lag darin – und ebensoviel Trotz. Er wischte sich die Brotkrümel vom Hemd und stand auf. Einen Augenblick verharrte er noch, sah über das aufgerührte Meer, nickte. Mach etwas draus, sagte er dann, ohne sich umzuwenden.

Ein Anfang, ein Abschied. Und selbstverständlich hat er eine Rede gehalten. Jedes Wort, das er nicht gesagt hat, habe ich gehört. Dem Künstler fällt es schwer, noch immer, sein Scheitern zu akzeptieren. Wohl lebt er seinen Traum hier draußen, aber eben

nicht so, wie sein selbst erdachter Lebensplan es vorgesehen hat. Steinmetz- und Gartenarbeiten, ein Skulpturenfriedhof auf dem Cap – nein, so ist das alles nicht gemeint gewesen.

Mach etwas draus. Und was hat er selbst daraus gemacht? Ich weiß es nicht. Fünfzehn Jahre einsamer Apostel, erfand sich nach und nach sein eigenes Evangelium aus Stein und Wasser und Licht. Hatte er anfangs noch geträumt von einem eigenen Haus mit Atelier, von einer Absauganlage, von Schleifmaschinen und Kompressoren, so war ihm im Lauf der Zeit klar geworden, dass er damit seine Vorstellungen von Unabhängigkeit und Natürlichkeit verraten würde. Seit seiner Jugend hatten ihn diese Ideale umgetrieben, und noch immer bestimmten sie ihn in seinem Denken und Handeln, wenn auch mittlerweile ohne das protestlerische Gehabe. Max wollte Stein, Wasser und Licht, und er brauchte *diesen* Stein, *dieses* Wasser, *dieses* Licht. Bescheiden war das nicht. Ein paar Schritte zur Küste hin, und ihm ging seine Welt auf: der quarzfunkelnde Granit; das Meer, dessen tückische Oberflächen- und Tiefenströmungen er täglich besser kennenlernte; das Licht, für das er seine ganz persönliche Begrifflichkeit entwickelt hatte – je nach Intensität und Sonnenstand sprach er von Schmutzigkeit, Härte, Weiblichkeit, Unschärfe oder Konsistenz.

Nie hat Max dabei einen Zweifel offengelassen, dass ein Leben anderswo für ihn undenkbar geworden ist. Also bleibt er in seiner feuchten Zwei-Zimmer-Hütte zur Miete. Dass es selbst an sonnigen Hoch-

sommertagen nie richtig hell wird im Haus, nimmt er in Kauf. Dass bei starkem Wind regelmäßig der Strom ausfällt, kümmert ihn so wenig wie die salzige Feuchtigkeit, die in den Steinmauern hockt. Was sich der Auswanderer damals ausgesucht hat, ist noch immer gut genug für ein vor Wind und Wetter geschütztes Leben. So wird das bleiben. Maximale Reduktion. Maximale Freiheit.

Ich hatte eben in ein Stück Käse gebissen und mit vollem Mund erste Sprechübungen als Pfarrer von Feunteun Aod gemacht, als ich eine Stimme zu hören glaubte. Ich stand auf, horchte, doch da war nichts als der Wind, der an meinem Anorak zerrte. Dennoch ging ich von der Kanzel weg, schaute hoch zur Grasnarbe. Da stand er, breitbeinig, die Kapuze tief ins Gesicht gezogen. Der gewesene Pfarrer hatte noch etwas zu sagen. Den einen Arm hatte er erhoben, vielleicht zur Segnung, vielleicht zur Warnung. Ich kraxelte ihm entgegen, und wieder schrie er in den Wind: Nicht, dass du denkst, das sündige Schäfchen kehre um; es geht weiter auf seinem Weg, bis es ihn findet. Und jetzt bist du dran.

Du, bis zu den Knien im blühenden Heidekraut. Du beugst dich vor, die Arme ausgestreckt, als wärst du bereit für den Sprung ins verholzte Meer. Ich weiß nicht mehr, wo das Foto entstanden ist, vermutlich auf der Nordseite des Caps. Hinter dir bildet der Küstenabriss eine erste Horizontlinie, das Meer dahinter löst sich auf im schmierigen Dunst. Die dunkle Felsformation, die vor der Küste aus dem Wasser ragt, ist am rechten Bildrand abgeschnitten.

Du bist einige Schritte vor mir gegangen, in der einen Hand einen frisch gepflückten Blütenstrauß. Weiß, rosa, violett. Mach mal Heideprinzessin, sagte ich. Du drehtest dich um, lachtest, winktest mir mit den Blumen zu und gingst weiter. Heideprinzessin, sagte ich noch einmal. Du schautest kurz um dich, ernste, prüfende Blicke. Mir war nicht klar, was du vorhattest, doch offenbar warst du zufrieden mit dem, was du gesehen hattest. Dann klemmtest du die Blumen zwischen die Knie und gingst in die Hocke, den Oberkörper weit vorgeneigt. Die Arme waren ausgestreckt, die Fingerspitzen berührten sich. – Es dauerte

einen Moment, bis ich verstand: die Schwimmerin auf dem Startblock, bereit einzutauchen ins Blumenmeer. Natürlich, vor dem Urlaub hattest du oft davon gesprochen, und allein aus diesem Grund warst du dann überhaupt mitgekommen aufs Cap. Über ein Dutzend Naturparks auf allen Kontinenten hattest du gesehen, mit deinem ersten Mann sogar eine lange Bootsfahrt auf dem Amazonas gemacht. Aber eine atlantische Landschaft mit Ginster und Heidesträuchern fehlte noch in deinem Reise-Album.

Bei einem Besuch in deinem Laden, voriges Frühjahr, hatte ich dich auf die auffällige Dominanz von Violett und Gelb angesprochen. Sehnsuchtsfarben, sagtest du, und das funktioniert. Ich richte mich nicht nach dem Markt, sagtest du, ich arbeite mit Farben, die mit Wunschorten zusammenhängen. Das weiß keiner, und für die Kundschaft ist es auch egal. Gelb und Violett. Seit einiger Zeit kaufe ich nicht nur viele Blumen in diesen Farben ein, sondern auch Deko-Artikel, Töpfe, Untersetzer. Ich stelle sie alle in diese Ecke, wie du siehst; da stand früher ein Holztischchen mit Stuhl, ein Regal mit Bilderbüchern. Danas Ecke. Mein erster Mann arbeitete als Ingenieur für einen internationalen Konzern, er war fast nie zu Hause. Das hier war Danas Kinderzimmer. Ich habe mir immer gewünscht, dass sie ein Blumenkind wird. Irgendwann wird sie es werden, unbeschwert, glücklich. Hier hat sie Wurzeln geschlagen, die bleiben. Und wachsen. Wie meine Wünsche. Für mich ist alles hier Stechginster und Heidestrauch. Die Gelegenheit

wird sich ergeben, an so einen Ort zu fahren. So war das immer. Wenn ich mich lange genug mit Platzhaltern für etwas umgebe, was ich haben möchte, geht der Wunsch in Erfüllung. – Dann erzählte ich zum ersten Mal von Max, vom Cap, von der archaischen Kraft dieser Landschaft. Ein paar Tage später war die Reise gebucht.

Heideprinzessin. Du bist dagestanden wie eine Schwimmerin, jede Faser deines Körpers gespannt vor dem Sprung ins Meer. – Jetzt erst fällt mir auf, dass deine Fingerspitzen tatsächlich ins Wasser einzutauchen scheinen. Hinter dem Küstenabriss, unmittelbar neben der braunschwarzen Felsformation, deren Name mir entfallen ist. Sie erinnert mich an den Moine Couché bei der Pointe du Raz, den liegenden Mönch, der für mich nicht zu unterscheiden ist von anderen prominenten Felsen vor der Küste. Ein fetter schwarzer Mönch, der ebenso gut eine liegende Ziege oder ein kniender Hase sein könnte. Neben dem kleinen Dicken also tauchst du ein, in Hose und Anorak, den Rucksack am Rücken. Du tauchst ins Meer, als gingest du mal eben zum Bäcker oder auf ein Gläschen in irgendeine Buvette irgendwo in der versunkenen Stadt am Meeresgrund. Ein Cidre in der Ville d'Ys, ein Stück Pflaumenkuchen. – Was kann schon sein, was soll schon sein da unten, sagt dein Blick in die Kamera. Ich bin gleich wieder zurück. Soll ich dir was mitbringen? Butterkekse? Ein Stück Far Breton? – Mach mal Heideprinzessin, hatte ich gesagt.

Dann bist du weg.

Nicht, dass Jean Le Bars der Einzige wäre. Fischer gibt es viele, die tagsüber mit ihren Booten vor der Nord- oder Südküste unterwegs sind. Die Ligneurs versuchen in der Raz de Sein ihr Glück. Bei jedem Wetter navigieren sie zwischen den Felsen hindurch, werfen in der tückischen Strömung die Angeln aus, hoffen, dass der Wolfsbarsch anbeißt. Nicht wenige der jüngeren Fischer verdingen sich wegen der Aussicht auf ein gesichertes Einkommen bei größeren Unternehmen, fahren Tage oder Wochen zur See, bevor sie mit voller Ladung im Hafen von Audierne wieder anlegen.

Alle sind sie gleich, keiner will reden. Max meint, es sei sinnlos, mit ihnen Kontakt knüpfen zu wollen. So sind sie alle, stumm wie Fische.

Dabei habe ich mir wirklich etwas erhofft vom Ausflug mit Jean Le Bars. Max hatte alles vielversprechend eingefädelt, das Wetter war ideal, kaum Wind. Die Meeresoberfläche war so glatt wie eine Folie, eine optische Illusion, die durch Reflexe des hohen Lichts noch verstärkt wurde. Hätte der Bug von Jean Le Bars' Motorboot nicht Wellen geworfen, man hätte es für

möglich gehalten, auf dem blauen Film zu gehen. Max erzählte von einem Riff an der Südküste, auch bei Ebbe war es angeblich nicht zu sehen. Ein Paradies für Vieilles, sagte Max, und er meinte damit: perfekte Jagdgründe. Jean Le Bars sagte nichts. Er steuerte das Boot, schaute aufs Meer, als wäre da etwas zu sehen, ein Anhaltspunkt, irgendetwas. Aber da war nichts, alles war einfach nur Meer.

Jean Le Bars ist Ligneur. Er ist es geworden, weil schon sein Vater Ligneur gewesen ist. Die Frage der Berufswahl hat sich nicht gestellt damals, nicht für Jean Le Bars und nicht für die anderen Söhne von Fischern. Heute ist das anders, die Fischgründe vermögen nur noch wenige Familien zu ernähren, Industrie gibt es kaum, also wird man trotzdem Fischer und heuert auf irgendeinem Kutter an. Ökonomie gegen Ökologie und Tierschutz.

Jean Le Bars aber hat sich eine Existenz als Verdingfischer nie vorstellen können; für ihn wäre ein solcher Schritt einem Verrat an seinem Metier und seiner Berufsehre gleichgekommen. Er widerstand der Verlockung auch dann, als er unerwartet Halbwaise wurde. Von einem Tag auf den anderen hatte er eine Familie mit drei jüngeren Geschwistern durchzubringen. Nach seinem Vater hatte man lange gesucht. Gefunden wurde er nie. Ein Tag wie im Bilderbuch war es gewesen: praktisch kein Wind, mer platte, die Bedingungen selbst in der Raz de Sein schon am frühen Morgen günstig. Und einer wie Jean Le Bars' Vater kannte die tückischen Felsen, Strömungen und Wir-

bel auswendig. Die gefährlichen Stellen waren auf einer inneren Seekarte markiert, wenn er im Port de Bestrée auslief. Im Verlauf des Nachmittags zogen Wolken auf, das Meer wurde unruhig, es begann zu brodeln im Topf. Die Ligneurs ließen sich davon nicht beunruhigen, alle hatten sie ihre Arbeit schon bei weit heikleren Bedingungen verrichtet.

Im Zeitungsausschnitt, der bei Max in der Küche hängt, ist die Rede von sechs Windstärken. Einem erfahrenen Fischer auf dem Cap nötigt so eine stramme Brise höchstens ein Lächeln ab. Entsprechend kehrte an jenem Tag kein einziger der Ligneurs frühzeitig in den Hafen zurück. Den Vater von Jean Le Bars erwischte es trotzdem. In der Unfallmeldung heißt es, eine Déferlante sei ihm zum Verhängnis geworden, eine der Wellen, die auf offenem Meer als Ungeheuer hochsteigen, meterhoch, und sich dann überschlagen.

Das ist wie Rodeo, sagte Max nach meiner Begegnung mit Jean Le Bars und Edouard. Ich hatte die Holländerin erwähnt, die an der Pointe de Brezellec auf einem Grasstreifen ausgerutscht war, und ich hatte von den zwei Lektionen Meereskunde berichtet, die mir Jean Le Bars in der Buvette serviert hatte. Daraufhin erzählte mir Max die Geschichte mit Jean Le Bars' Vater. Atlantisches Hochseerodeo, sagte Max, doch der Bulle hat einen Buckel aus Wasser – und wenn er dich abwirft, wird es dunkel für immer. Oder die Welle bricht über dir zusammen. Stell dir einen Nussknacker vor: Die Gewalt von unzähligen Tonnen Wasser ist so brachial, dass du keine Chance hast, auch

dann nicht, wenn du in einem größeren Boot sitzt. Max schnitt ein Stück vom Schafskäse ab und schob es sich in den Mund. Mit der Messerspitze ritzte er die Entstehung einer Monsterwelle ins wurmstichige Holz des Esstischs. So geht das, sagte er. Die stabilsten Boote werden innerhalb von Sekunden gefüllt und in die Tiefe gezogen. Während seiner Ausführungen hatte ich nur einen Gedanken, nur ein Wort: *Krabbenfutter*. Jean Le Bars' Wort. Ich brachte es nicht mehr aus dem Kopf.

Keinen einzigen Satz hat er gesagt auf dem Bootsausflug. Stumm ist er geblieben, wie alle Fischer stumm bleiben, wenn sich das Meer einmal gegen einen der ihren entschieden hat. Und es gibt wenige, die von diesem Schicksal verschont werden.

Das Meer macht keine Fehler. Lektion zwei. Und wenn das Meer immer Recht hat, gibt es keine Fragen, die zu stellen sich lohnt. Der Satz von Jean Le Bars hat eine Gültigkeit, die einen verstummen lässt. Das Recht des Meeres. Dagegen ist nicht anzukommen; jetzt nicht, immer nicht.

Zuerst habe ich hinter der absoluten Wucht dieses Satzes einen merkwürdigen Klang gehört, eine fatalistische Färbung; das hat mich erstaunt. Jean Le Bars und der Glaube an eine Schicksalsmacht – je länger ich darüber nachdachte, desto irritierender fand ich diese religiöse Note. Ohne es zu wollen, hat Edouard dann die störenden Nebenklänge zum Verstummen gebracht. – Am Tag nach der Begegnung in der Buvette ging ich bei ihm vorbei, um seine neusten Bil-

der anzusehen. Viel Neues hatte er nicht gemacht, er war seit einiger Zeit so übergewichtig, dass er kaum noch stehen konnte. Die Aquarelle, die er mir zeigte, waren allesamt Wasserbilder. Brandungswellen bei schönem Wetter, Brandungswellen in der Dämmerung, raue See in der Baie des Trépassés. Es war nicht anders als früher: Seine Wasserkunst war gutes Handwerk, mehr nicht. – Wirklich interessant hingegen war das, was er erzählte, anknüpfend an seinen abstrusen Monolog in der Buvette. Das Gestern, das Heute, der Gang der Dinge. Unaufgefordert setzte er da wieder ein, wo er aufgehört hatte, und ich war ein dankbarer Zuhörer. Er referierte über die alten Seemannslieder, den Aberglauben und die vielfältigen Mystifizierungen des Verhältnisses zwischen Mann und Meer. Was für ein Blödsinn da noch heute erzählt wird, sagte er. Die Wahrheit ist: Das Meer ist längst nicht mehr der unberechenbare Moloch, der Fischer nimmt und, falls er gnädig gestimmt ist, Fische gibt. Das ist einfach Quatsch. Unfälle auf See sind Berufsrisiko. Punkt. Seit der Erfindung des Dampfers oder von mir aus des Dieselmotors, sagte Edouard, ist die Fischerei ein Industriezweig von nationaler Bedeutung, beherrscht von handfesten Aspekten wie Technik, Innovation, Ökonomie, Marketing. Da hat die Religiosität keinen Platz mehr, auch nicht in Form von Fatalismus oder gar Aberglauben. Die Beziehung der Fischer zum Meer ist heute eine Vernunftbeziehung. Es geht um Kosten-Nutzen-Analyse, Risikomanagement. Das ist wie bei den Bergführern, Tunnelbauern,

Polarforschern – was du willst. Wo du es mit Naturgewalten zu tun hast, bist du nie auf der sicheren Seite. Alles andere ist Glück, oder Pech, sagte Edouard. Das Abschließende in diesem Satz gab mir zu verstehen, dass meine Besuchszeit um war. Als ich mich verabschiedete, schien sich das Fell, das die ganze Zeit reglos neben Edouards Polstersessel gelegen hatte, bewegt zu haben. Ganz sicher war ich mir nicht. Sicher aber war ich mir jetzt in Bezug auf Jean Le Bars' Satz. Immer wieder sagte ich ihn auf dem Nachhauseweg vor mich hin, und erst jetzt traf er mich mit seiner ganzen Wucht. Keine Färbung, keine geheime Referenz. Ein bodenloser Satz. Lektion zwei. *Das Meer macht keine Fehler.*

Mit einem Kollegen war Jean Le Bars' Vater hinausgefahren in die Raz de Sein, jeder in seinem Boot, jeder auf eigene Rechnung. Die Déferlante erwischte nur einen von ihnen. Der andere, einer von der Nordküste, war lediglich ein paar Meter vom alten Le Bars entfernt. Geistesgegenwärtig warf er eine Boje aus, dahin, wo das Boot seines Copains getroffen worden und sofort gesunken war. Le Bars lebte tatsächlich noch. Er musste kurz vor dem Aufprall der Welle aus dem Boot gesprungen sein oder sich unter das Aluminiumdach der kleinen Kabine gerettet haben. Im stärker werdenden Wind kämpfte er gegen die Kälte und die Schwere der Kleidung, es schäumte und brodelte, der alte Le Bars war ein atmender Punkt in einem übermächtigen Geschehen. Es gelang ihm der Griff nach der Boje, er hielt sich daran fest mit schwinden-

der Kraft. Bevor der Kollege die Boje dichtholen konnte, hatte der alte Le Bars den ungleichen Kampf verloren und verschwand in den Fluten.

Nicht, dass ich erwartet hätte, das alles von Jean Le Bars persönlich zu erfahren; dafür waren und sind wir einander zu wenig vertraut. Doch er hat nicht nur das nicht erzählt, er hat überhaupt nichts erzählt. So sehr sich Max während der Bootsfahrt bemühte, ein Gespräch in Gang zu bringen, es half nichts. Jean Le Bars sagte oui oder non. Mehr sagte er nicht. Meine nicht gestellten Fragen waren für ihn erledigt, grundsätzlich. Wie damit umzugehen ist, dass einer nicht mehr zurückkommt, nicht mehr und nie mehr da ist. Was das für ein Überleben ist – ohne Abschied, ohne Grab und Grabstein. All die Gedanken, die mich seit einem Jahr fast um den Verstand brachten, die ganze Scheiße, die sich Tag für Tag in meinem Kopf drehte, bis mir schwindlig war, dazu gab es nichts zu sagen.

Jean Le Bars machte unvermittelt den Motor aus und nickte Max zu. Ich hatte nicht bemerkt, dass wir beim Felsenriff angekommen waren, wo er tauchen und ein Abendessen jagen wollte. Während er sich in den Neoprenanzug zwängte, Brille, Schnorchel, Flossen und Bleigürtel anzog, warf er mir erst aufmunternde, dann fordernde Blicke zu. Mit dem Kopf deutete er auf die Tasche im Heck. Die zweite Tauchgarnitur. Sie war für mich gedacht.

Als Max ins Wasser glitt, war ich einen Moment lang erstaunt, wie mühelos sich die über die Wasseroberfläche gespannte Folie durchdringen ließ. Er

tauchte ab, und mir fiel ein, wie er nach seiner letzten Jagd auf die Kanzel zu geklettert war, die zwei ausgeweideten Fische an der Gürtelschnur. Wenn du nicht dahin gehst, wo es wehtut, packst du das nie, hatte er zu mir hochgerufen. Mir wurde eng im Hals, der Puls schlug von innen gegen den Schädel. Seine Bemerkung hatte mich schon damals wütend gemacht. Die ganze Arroganz des besserwisserischen Abenteurers und Halbwilden lag darin. Und seine jämmerliche Ignoranz in Bezug auf meine Art, die Dinge anzupacken. Arschloch, zischte ich in die Tiefe und hoffte, es würde ihn treffen, irgendwo dort unten im Schelf. Habe ich dir nicht von Anfang an gesagt, du sollst das Zeug zu Hause lassen? Ich werde nicht ins Wasser gehen, habe ich gesagt, ich kann nicht. Du willst es einfach nicht verstehen, auch wenn ich es dir hundertmal sage: Vor Feunteun Aod ist verdammt nochmal kein Meer, da kannst du so lange tauchen, bis du erstickst! Felsen gibt es hier, Möwen, Kormorane, und hier gibt es das Tosen der Brandung. Ein Meer aber ist hier nicht! Ich tauche in der Tiefe des Himmels, verstehst du. Das tut weh genug. Noch habe ich den einen oder anderen Tauchgang vor mir, und ja: Ich packe das. Aber die Zeiten, da ich mit dir mitgeschnorchelt bin, in Respektsabstand, um deinen Jagderfolg nicht zu gefährden, diese Zeiten sind vorbei. Ab und zu untertauchen, um zu sehen, was du in zehn Metern Tiefe zwischen den schorfigen Felsen tust, wie du die Harpune ansetzt, schießt, dem Fisch den Haken ins Hirn treibst – vergiss es! Das ist vorbei,

und das habe ich dir vorher gesagt. Seit einem Jahr sage ich es dir, aber es geht nicht in deinen dumpfen Kopf. Du willst, dass alles ist wie früher. Aber nichts ist wie früher. Nichts.

Ich glaube, ich war fünf, als ich im Schwimmverein die erste Tauglichkeitsprüfung bestand. *Seepferdchen.* Allein diese Bezeichnung verlieh mir im Wasser ein Gefühl von Freiheit. Ein Jahr später kam das *Fischchen* dazu, Mutter nähte das Stoffabzeichen neben das Seepferdchen auf die Badehose. Sprünge vom Dreimeterbrett waren keine Mutprobe mehr, nicht für Fischchenträger; die kannten keine Angst. Das sagten alle, und es stimmte. Ich freute mich auf die Wochenenden mit Vater, führte ihm die Kunststücke vor, die ich mir selbst beigebracht hatte, genoss seinen anerkennenden Klaps auf den Hintern, wenn ich aus dem Wasser stieg.

Später, als Gymnasiast, waren die nächtlichen Ausflüge an den See eine Entdeckung, wobei sich meine Entdeckerlust auf die Mädchen beschränkte, die mich und die Jungs begleiteten. Anfangs hatten sie sich geziert, schließlich waren sie doch bereit, nackt ins nachtlaue Wasser zu steigen. Gegen Ende der Schulzeit dann die ersten Schwimmzüge im offenen Meer – und der erste gemeinsame Urlaub mit meiner dama-

ligen Freundin. Monterosso al Mare klang in meinem Ohr wie ein mediterraner Hügel im Spätlicht, und ich hörte, wie die sanfte Brandung über den Sand wischte.

Das Wasser ist mir nie zur Selbstverständlichkeit geworden; vielleicht habe ich es deshalb immer gemocht. Was war und was ist. Seit letztem Sommer ist mir mein eigentliches Element eine Qual. Die juckende Allergie, überhaupt der Kontakt mit Wasser. Ein paar Spritzer zum Kopf, und die Atemwege machen dicht. So sehr ich mich dagegen wehre, den Reflex zu kontrollieren versuche, es hilft nichts. Eine Unaufmerksamkeit unter der Dusche, ein nasser Waschlappen im Gesicht – mehr braucht es nicht, um die Abwehrreaktion auszulösen.

Anfangs nahm ich das hin, akzeptierte es als etwas, was mich mit Véro verband. Eine Allergie als Liebesbeweis. Irgendwann würde sich das wieder normalisieren, dachte ich, mit der Zeit würde jeder Abwehreffekt verpuffen, wenn man ihn ins Leere laufen ließ. Doch ich hatte nicht mit der Hartnäckigkeit meines Körpers gerechnet. Da lief offensichtlich ein Programm in mir drin, das sich meinem Zugriff entzog. Natürlich konnte man so leben. Natürlich lebe ich noch. Beobachtete mich allerdings einer, wie ich mich im Chambre d'hôtes unter die Dusche stelle, er würde sich biegen vor Lachen. Mit dem Rücken zum Duschkopf nähere ich mich dem Wasserstrahl, atme tief ein und aus, konzentriere mich auf nichts anderes als meinen Atem. Und wenn der Strahl dann mei-

nen Hinterkopf trifft, geht mir der Hals zu. Die Wut, die jedes Mal in mir hochkommt, macht das Schauspiel nicht weniger lächerlich.

An guten Tagen nehme ich mir vor, an die Nordküste zu fahren. Bei der Pointe du Millier stiege ich ans Wasser hinunter. Das Meer hätte sich aus der Bucht zurückgezogen und ein dunkles Band buckliger Brocken freigelegt. Das Wasser läge in sicherer Distanz vor mir, es bewegte sich nicht, ein transparentes Laken wäre über die Wasseroberfläche gespannt. Ich balancierte über die Steine, buchtauswärts, ginge so weit hinaus wie möglich. Da, wo die Brocken sich verlören im Wasser, legte ich mich bäuchlings auf die glitzernde Fläche. Ich legte mich hin, als legte ich mich auf ein Bett. Ich täte ein paar Züge, zögerlich erst, dann sicherer, kräftiger, immer weiter weg vom Festland. Eins mit dem Element, spürte ich weder Kälte noch Müdigkeit, ich würde schwimmen, so sorglos wie früher. – An guten Tagen gebe ich mich solchen Fantasien hin. Und je weiter ich von mir wegtreibe, desto klarer wird mir, dass ich nirgendwohin fahren werde. Es hätte keinen Sinn.

In der Woche vor meiner Reise hierher habe ich wirklich versucht, wieder in die Vergangenheit zu finden. Ich wollte mir selbst meine Entschlossenheit beweisen, meine kompromisslose Bereitschaft zum Anfang. In den frühen Morgenstunden fuhr ich an den See meiner Schulzeit. Ich suchte mir an einem der wenigen öffentlich zugänglichen Uferabschnitte ein angenehmes, menschenleeres Plätzchen. Über

das sanft abfallende Wiesenbord stieg ich ins Wasser, watete hinaus, ertastete mit den Füßen den sandigen Seegrund. Als ich bis zu den Hüften im Wasser stand, ließ ich mich rücklings fallen, und bevor der Kopf eintauchte, drehte ich mich mit einer Geschmeidigkeit, die mich selbst überraschte, in die Bauchlage. In jenem Moment erst, das Kinn knapp über der Oberfläche, spürte ich die kaum wahrnehmbaren Wellen. Und der Hals ging zu. Ich ruderte panisch mit den Armen, strampelte, Seegras schlang sich um meine Knöchel. Mit Mühe, ohne einen einzigen Atemzug, schaffte ich es zurück ans Ufer. Röchelnd und vollkommen erschöpft legte ich mich auf mein Strandtuch. Innen schüttelte mich die Kälte. Ich versuchte an nichts zu denken – und dann schoss aus der Leere das Wort ein, das mich mehr verhöhnte, als jedes andere Wort es vermocht hätte: *Fischchenträger*.

Ich rief umgehend im Schulsekretariat an, meldete mich für die letzten Stunden vor den Ferien krank. Mein erster Versuch zum Anfang, gescheitert im hüfthohen Wasser. Fischchenträger. Gewiss, so kann man leben. Ein Leben aber ist das nicht.

Du, auf dem Schiff von Saint Conogan. Stehst aufrecht auf Deck, ganz vorne im mächtigen Bug. Zeigefinger und Daumen hast du zu Ferngläsern geformt, dein Blick schweift über das gelb-violette Meer aus Ginster und Heidestrauch. Eine stolze Frau Kapitän am ersten Urlaubstag. Der Anorak, den du dir um die Hüften gebunden hast, flattert im Wind, du stehst auf diesem Schiff, als gehörte es dir. Mehr als zwanzig Tonnen Granit, ein steinerner Rumpf auf einer Anhöhe bei Keriolet.

Seit dem Frühstück hattest du dich damit beschäftigt, Reiseführer studiert und im Internet recherchiert. Auf dem Küstenweg von Pors Péron bis zur alten Wassermühle hattest du immer das eine Wort im Mund: *Conogan.* Du hüpftest auf dem ausgetrampelten Pfad, von Stein zu Stein. Conogan – wie das schon klingt, sagtest du, kann nur ein Heiliger gewesen sein, der alte Ire. Du gabst dem Namen des Wandermönchs deine eigene Sprache. *Cormoran, con, cocon.* Als wir die Anhöhe erreicht hatten, strecktest du die Arme aus und riefst: Co-no-gan, als gälte es, einen

alten Freund noch langer Trennung willkommen zu heißen.

Und vor uns tauchte sein Schiff auf, ein schmal geschnittener Rumpf. Die letzten Meter ranntest du, stiegst hinauf auf Deck. Du standest mittschiffs, Bug und Heck schwebten in perfektem Gleichgewicht über dem Heidemeer. Mast und Mann warst du. Conogan hielt Ausschau, nach günstigen Winden vielleicht.

Als ich zu dir hochkletterte, schlüpftest du in eine andere Rolle. Bedeutungsschwer gestikulierend erzählte jetzt der Guide touristique die Legende von Conogan, dem Wandermönch, der im 6. Jahrhundert von Irland aus in See gestochen war, um der heidnischen Bevölkerung auf dem Kontinent die Frohe Botschaft zu bringen. Die Form dieses Steines, meine Damen und Herren, ist unverkennbar die eines Schiffes, sagtest du, zur imaginären Reisegruppe am Fuß des Felsblocks gewandt. Gemäß übereinstimmenden lokalen Quellen handelt es sich dabei zweifelsfrei um das Schiff, mit dem Conogan nach seiner abenteuerlichen Überfahrt hier gestrandet ist. Untrügliches Indiz dafür ist der V-förmige Einschnitt in der Felsengruppe vor der Küste von Pors Péron. Wenn Sie sich kurz umdrehen – genau – dort drüben. Sehen Sie das V? Das ist Garreg-Toull. Auf Bretonisch heißt das so viel wie durchstoßener Fels. Den hat Conogans Schiff bei seiner Ankunft offensichtlich gerammt. Sie müssen sich vorstellen: Es war Nacht, es tobte ein furchtbarer Orkan da draußen. Fast fünf Kilometer wurde das Schiff ins Landesinnere geschleudert, nach Osten,

bis hier hinauf. So weit die Fakten. Nun gibt es allerdings Historiker, ausländische, wenn Sie mir die Bemerkung erlauben, die den Wahrheitsgehalt dieser Überlieferung in Zweifel ziehen. Conogans Steinboot sei gar nicht seetauglich gewesen, sagen sie, ein klassischer Fall von Legendenbildung, ein Irrglaube, sagen sie, der mit den einfachsten Gesetzen der Physik widerlegt werden könne. – Du hieltest inne, prüftest mit kritischem Blick die Aufmerksamkeit deines Publikums. Dann fuhrst du fort: Im Wesentlichen gehen diese Historiker von zwei Erklärungsmodellen aus. Erstens, sagen sie, seien die Holzschiffe zu Zeiten Conogans mit steinernen, in den Rumpf eingelassenen Trögen ausgestattet gewesen; diese hätten einerseits dem Mast eine stabile Verankerung geboten und andererseits, zumal bei Schiffen ohne Mast, das überlebenswichtige Signalfeuer geborgen. Aus simplen Steintrögen also habe die Legende ein ganzes Schiff gemacht. Der zweite Erklärungsansatz der Historiker, meine Damen und Herren, setzt bei den damals oft verwendeten Gewichtssteinen an. Große Steine in Schiffsrümpfen hätten dazu gedient, den Schwerpunkt möglichst tief zu setzen, damit das Schiff im Sturm nicht so leicht kenterte. Über die Jahrhunderte aber, sagen die Historiker, sei dann eben aus ein paar Steinen ein ganzes Schiff geworden. – Historiker, meine Damen und Herren! Und für die Verbreitung solchen Unsinns werden die auch noch bezahlt. Ich meine, man darf wohl festhalten: Solche Wissenschaftler braucht keiner auf dem Cap. Abstruse The-

sen und Mutmaßungen von irgendwelchen universitär verbildeten Silberfüchsen – nein danke! Keiner hat den Capistes zu unterstellen, sie hätten in ihrer Fabulierlust aus ein paar mitgeführten Kieseln ein Steinschiff gemacht. Ich enthalte mich ausdrücklich eines eigenen Urteils in dieser Angelegenheit. Aber ich frage Sie, meine Damen und Herren: Stehe ich etwa nicht auf einem Schiff? – Du machtest zwei Schritte nach Achtern, deine Hände zeichneten die Schiffsform in die Luft. Dann schautest du wieder in die Runde. Das hier, fuhrst du fort, soll nichts weiter sein als ein simpler Steinblock? Ein umgestürzter Megalith, dessen Form mit viel Fantasie an ein Boot erinnert? Meine Damen und Herren – kommen Sie hoch, und entscheiden Sie selbst.

Co-no-gan, Co-no-gan, habe ich skandiert und Beifall geklatscht, stellvertretend für die Touristengruppe, die es nicht gab. Deine Bühne, Véro. Vorhang.

Bei uns zu Hause ist nie ein Tier auf den Teller gekommen, das nicht zwei oder vier Beine hatte. Mutter weigerte sich, etwas zu kochen, was sie nicht mochte, und Vater war es mehr als recht, dass dazu auch Fisch und anderes Wassergetier gehörte. Einen Grund, diese Abneigung zu überwinden, gab es nicht. Schon gar nicht wegen zweier Jungs, die ihren Bedarf an Proteinen und gesunden Fettsäuren ebenso gut mit Kaninchen- oder Hähnchenfleisch und mit der täglichen Lebertrankapsel decken konnten.

Es dauerte lange, bis ich an gekochten Wassertieren Geschmack fand. Als Jugendlicher lernte ich zwar den nahegelegenen See schätzen, was darin schwamm aber, interessierte mich nur, wenn es Jasmin, Chantal oder Barbara hieß.

Schon in meinem ersten Urlaub auf dem Cap allerdings arbeitete ich daran, mein Manko zu kompensieren. Ich aß mich durch das ganze Angebot an lokalem Fisch und Krustengetier, als Begleiter von Max jagte ich je nach Jahreszeit, was zu jagen war. Ich kochte alte Rezepte nach, lernte Namen, Aussehen, Größe

und Vorkommen der hiesigen Fisch- und Krebsarten auswendig. Von Max ließ ich mir beibringen, wie frische Fänge auszunehmen und zu filetieren waren, ich experimentierte mit unterschiedlichen Pökeltechniken, nahm teil an Führungen im Fischerhafen von Guilvinec und in einer Fischräucherei.

Ich hätte Véro einiges zu bieten gehabt an jenem Tag. Spektakuläre Megalithen und Dolmen hätte ich ihr gezeigt, die 1942 von den Nazis gesprengte und wieder aufgebaute Allée couverte in Menez-Korriged, und über dem offenen Feuer hätte ich den Fisch ihres Lebens zubereitet. Sie aber sagte: Lass uns Muscheln pflücken. Diese Äuglein. Herrin und Kind. Lass uns Muscheln pflücken, sagte sie. – Ich erinnere mich nicht, diesem Blick in den drei Jahren unserer Liebe auch nur einmal widerstanden zu haben.

So gingen wir also nicht auf Erkundungsreise, sondern zu den Muschelbänken bei Penn ar Sont, die Max ihr empfohlen hatte. Wir warteten, bis sich das Meer zurückgezogen hatte und die Bänke gefahrlos zugänglich waren. Gegen Mittag machten wir uns auf, den Küstenweg entlang. Von der strammen Brise, die am frühen Morgen die Wolkenstaffeln vor sich hergetrieben hatte, war ein Lüftchen übriggeblieben, das den Himmel nach und nach blankscheuerte.

Von oben sahen die zu Tausenden an den Stein gehefteten Schalen aus wie Nester von Flechten. Blauschwarze, seepockige Kolonien. Während wir die Klippe hinunterkletterten, hielten wir Ausschau nach einem Plätzchen, das vom Küstenweg aus nicht

einsehbar war. Dort wollten wir nach getaner Arbeit die mitgebrachten Langoustines genießen und mit einem Glas Muscadet schon mal anstoßen auf das selbstgepflückte Nachtessen, das wir uns bei Max gönnen würden.

Das Meer hatte sich so weit zurückgezogen, dass wir nicht bis auf die äußersten freiliegenden Platten hinabzusteigen brauchten. Während das Wasser kaum hörbar gegen die Felsen plätscherte, rissen wir die schönsten Miesmuscheln aus den Fruchtsträußen und fachsimpelten über die beste Zubereitungsart.

Mit prall gefüllter Plastiktüte ließen wir uns schließlich nieder auf dem Felsblock, den wir uns vorher für unser Picknick ausgesucht hatten. Wunderbar, sagte Véro, hier tun uns nicht alle Knochen weh. Sie fuhr mit der Hand über die hangabwärts geneigte Granitplatte. Genau so ein Plätzchen haben wir uns verdient, sagte sie und schaute mich an. In ihren Augen blitzte ein Funken Glück. Schläfe an Schläfe schauten wir ins Offene. Penn ar Sont. Weit draußen wurde der Glitzerteppich blasser, gegen das Ende der Welt wölbte sich das glasige Blau in den Dunst. Einen Horizont gab es nicht.

Betrete ich das Atelier von Max, öffnet sich ein merkwürdiger Raum. Die rhythmischen Fäustelschläge, das Ächzen von brechendem Stein, der Granitstaub in der Luft, Muskeln und Schweiß. Max bei der Arbeit zuzusehen ist ein Ereignis, das mich in seiner Zwiespältigkeit immer wieder fasziniert. Einerseits kommt es mir vor, als wohnte ich einem einvernehmlichen Gestaltungsprozess bei, einem Schöpfungsakt; andererseits, oft im selben Moment, spüre ich die brachiale Energie, die für diese Schöpfung freigesetzt wird. Wenn Max die stählernen Spaltkeile in die vorgebohrten Löcher treibt, wenn der Stein knackt, mit Getöse bricht, dann begreife ich, dass man letztlich nur gegen den Stein arbeiten kann, so virtuos und achtsam man es auch tut.

Einen Achttönner hat er sich ins Atelier transportieren lassen, auf einem Kranlaster. Inzwischen sind vielleicht drei Tonnen abgespalten, der Block hat eine längliche, sich zum einen Ende verjüngende Form bekommen. Acht Wochen noch, sagt Max, dann wird hier eine abstrakte Figur stehen, die das Männliche

und das Weibliche in sich vereint. Je nach Perspektive, sagt er, je nachdem, wie das Licht darauf fällt, wird sie die eine oder die andere Seite zeigen.

Zehn Monate hat er dann daran gearbeitet. Der Anruf der Großbank oder der Versicherungsgesellschaft wird auch diesmal ausbleiben. Er wird die Skulptur hinter die Hütte auf den Friedhof transportieren, wo sie langsam Patina ansetzen wird. Dann wird er sich ausruhen, so gut er kann, über die küstennahen Felder streifen – und Ausschau halten nach einem neuen Stein. Sehe ich ihm in die Augen, dann weiß ich: Er wird es immer wieder tun. Das selbstgewisse Blitzen mag nicht mehr dasselbe sein wie vor Jahren, unerschütterlich aber ist es noch immer.

In diesen Momenten ist jeder Zwiespalt aufgehoben, und ich zweifle nicht daran: Einen gibt es doch, der nicht gegen den Stein arbeitet, sondern mit ihm. So einen müsste man ins Schulzimmer holen. Nicht wegen der Geografie, sondern wegen des Lebens. Die Morphologie der Selbstbestimmung – Anschauungsunterricht. Schaut mal, vor euch steht ein zufriedener Mensch, weil er sich dafür entschieden hat. Er wird euch jetzt erzählen, wie das geht. Meine Klasse würde Max anstarren, ihn von oben bis unten mustern. Mi-homme, mi-bête. Und sie wären sich nicht sicher, ob sie es einfach mit einem komischen Kauz oder doch mit einem Außerirdischen zu tun hätten. Max würde von sich erzählen, von einem, der sich in seinem Traum einzurichten versucht. Die Jugendlichen würden ungläubig in sich hineinkichern, mit den

Sitznachbarn tuscheln. Sie würden ihn nicht verstehen. Sie würden nicht verstehen, wie einer die Tage nicht nur irgendwie durchbringt, sondern sie auch füllt. Noch dazu mit lauter eigenem Leben.

Meine Klasse und Max, das wäre eine Konfrontation. Generation Copy/Paste und das lebende Original. Hipness gegen Verbindlichkeit, Bodycare gegen Natürlichkeit, Fastfood gegen Nachhaltigkeit. Übelzunehmen wäre das meinen Teenagern nicht. Wie sollten sie es besser wissen? Junge Menschen, die das zweck- und gewinnorientierte Leben zwingt, sich immer raffiniertere Vermeidungsstrategien anzueignen. Auch außerhalb der Schule erhalten sie den Erfolg des Lavierens täglich bestätigt. Wie sollen sie eine Ahnung davon haben, dass Selbstbestimmung ohne Kompromisslosigkeit nicht denkbar ist?

Mit Fäustel und Spitzeisen fällt Max radikale Entscheidungen. Jeder Schlag ist ein Entweder-Oder, das sehe ich in seinen Augen. Und deshalb weiß ich auch, dass er nicht versteht, was ich hier oben Tag für Tag tue: Jeden Tag einen Stein zu den andern legen und dann stundenlang dasitzen, Fotos zerreißen und nachdenken. Das kann Max nicht verstehen.

Ich erinnere mich an einen Telefonanruf von ihm, am Tag nach der Muschelsuche auf Penn ar Sont. Du weißt ja, wie das ist mit den Rennfahrern, sagte er, die lassen sich wieder in den Boliden tragen, kaum hat der Chirurg die Knochen zusammengeschraubt und die Wunden getackert. Verstehst du, Konfrontation. Und zwar radikal. Alles andere hilft nicht, sagte er. –

Dass sich einer für die Annäherung entscheidet, versteht Max nicht; ebenso wenig, dass das keineswegs der leichtere Weg ist. Was wäre denn gewonnen mit einem Tauchgang, mit einem Sprung in die Brandung? Was nützte es mir zu behaupten, es gäbe ein Meer vor Feunteun Aod? Es gibt da kein Meer, so lange nicht, bis ich den Anfang beendet habe, innen und von innen heraus. Entweder – oder. Alles andere ist egal.

Du, vor der riesigen Glasscheibe im Aquarium von Audierne. Der Hintergrund eine perfekt ausgeleuchtete Meereswelt mit allen möglichen lokalen Fischen: Lieus, Dorades, Bars. Das einzige Foto von uns beiden. Dutzende Urlaubsbilder haben wir hier gemacht, die Erinnerungen auf dem Laptop gespeichert. Doch es gibt nur dieses eine Bild, auf dem wir gemeinsam zu sehen sind. Überhaupt gibt es kaum Fotos von uns als Paar; die wenigen, an die ich mich erinnere, wurden von irgendwelchen Fremden gemacht. Du drücktest japanischen Gipfeltouristen die Kamera in die Hand, einem Schiffskapitän, einem Hotelportier oder – unvergessen – einem Tierpfleger im Zoo.

Ein paar E-Mails nach der Führung durch die Auen war klar, dass wir uns treffen wollten. Die Wahl des Ortes war mir überlassen; zweifellos ein Test, noch vor der ersten gemeinsamen Unternehmung. – Wo also eine Floristin hinführen, die sagte: Verstehen Sie auch was von Vögeln? Sicher nicht ins Kino oder ins Restaurant, keinesfalls an einen Ort, wo sich Paare normalerweise treffen. Ich überlegte lange, wägte

die Risiken ab, schwankte zwischen der Cafeteria des Altenheims und der edlen Halle der Großbank. Dann entschied ich mich doch für den Zoo.

Es wurde ein langer Sonntagnachmittag. Immer wieder bliebst du vor bestimmten Gehegen stehen, beobachtetest die Tiere und ihre Bewegungen. Elefanten, Leguane, Gnus. Die Kapuzineräffchen hatten es dir ganz besonders angetan, und als zufällig ein Tierpfleger vorbeikam, batst du ihn, ein Foto von uns zu machen. Erst zu Hause am Computer sah ich, dass du dich in dem Moment, als er abdrückte, in der Achselhöhle kratztest, das Gesicht zu einem breiten Affengrinsen verzogen. Ich daneben, lächelte wie ein erfolgreicher Auenschutzgebietsführer in die Kamera.

Wieso ausgerechnet Kapuzineräffchen im Zoo? – Wieso ein Rochen im Aquarium von Audierne? Auf dem Foto schlägt er seine Brustflossen genau in der Mitte zwischen dir und mir. Fast auf gleicher Höhe, von deiner Schulter zur Hälfte verdeckt, ein Hai. Sie kommen von hinten auf uns zu. Man sieht mir an, dass ich mich zusammenreiße, jeden Muskel meines Gesichts anspanne, um nicht loszuprusten. Du hattest dich beinahe rechtwinklig vornübergebeugt, die Arme angewinkelt, die Hände auf den Hintern gelegt. Während du die Ellbogen wellenartig auf und nieder bewegtest, waren deine Augen weit aufgerissen, der Mund verkniffen. Ich bin Ronnie, sagtest du, Ronnie, der Rochen, blubb blubb. Gruppenweise gingen Aquariumsbesucher an uns vorbei, holländische Familien mit Kindern, deutsche Senioren. Sie schauten uns an,

schauten dich an, drehten sich um nach einem, für den das seltsame Paar posierte, doch da war keiner. Da waren nur ein Geografielehrer und eine Floristin, die Rochen spielte. Du hattest die Kamera auf einem der runden, mit Prospekten ausgelegten Tischchen platziert. Das rote Licht des Selbstauslösers blinkte. Ronnie, der Rochen. Blubb, blubb. Dann war der Spuk vorbei.

Einige Besucher haben im Vorbeigehen mit uns gelacht, andere den Kopf geschüttelt. Kein einziger ist auf dem Bild zu sehen. Keine Handtasche, kein Krauskopf, kein Hintern. Ein lustiges Bild, hättest du uns nicht die Füße abgeschnitten, Véro. Bis zu den Knien stehen wir im Bildrand. Blubb, blubb.

Wer noch nicht? Wer noch mal? Das halbe Dorf scheint Max mit Zeitungsartikeln zu versorgen. Im Supermarkt, im Tauchclub, im Bistro stecken sie ihm etwas zu. Wer kennt eine noch traurigere Geschichte, eine noch unwahrscheinlichere Verkettung von Umständen, ein noch schrecklicheres Sterben im Meer. So kommt es mir vor. Oder ich ziehe die Geschichten an, indirekt wenigstens, weil ich mit nichts anderem beschäftigt bin.

Wie auch immer, alle paar Tage reicht mir Max irgendeine tragische Geschichte weiter. Längst vergangene Dramen des Alltags, denn aktuell scheint nicht gestorben zu werden an der Küste. Mit Ausnahme der Touristen und der übermütigen Angler auf den Felsen; die haben immer Saison, im Sommer sowieso. Wie die Holländerin, die es neulich auf der Pointe de Brezellec erwischt hat. Die ist längst verdaut, würde Jean Le Bars sagen. Jeanne, die ihm eben einen Wein brächte, würde nicht schmunzeln, denn es wäre kein Scherz gewesen. Darüber, was sich das Meer nimmt, macht hier keiner Witze. Vielleicht wür-

de Jean Le Bars auch gar nichts sagen. Er sagt ja nie etwas, wie all die andern, die etwas zu erzählen hätten. Dafür lässt mir Max alte Zeitungsartikel zukommen. Weshalb tut er das? Hilft es mir zu wissen, dass vor Jahren der oberste Michelin-Boss von einer Déferlante erwischt wurde? Nebel, hohe See, aber der Herr der Reifen wollte um jeden Preis eine nette Bootstour machen. Na und? Glaubt Max im Ernst, ich fühle mich so weniger allein, aufgehoben vielleicht in der großen Gemeinde von Trauernden? Will er mich herausfordern? Ich brauche es gar nicht zu wissen. Einerlei, ich weiß nur: Geteiltes Leid ist nicht halbes Leid. Das ist es nie gewesen, auch wenn es mir schon als Kind eingetrichtert wurde. Ich habe ja früh eingesehen, dass das Geld zu Hause nicht für alles reichte, was ich gerne gehabt hätte; doch daheim bleiben zu müssen, wenn die Kumpels auf Tretroller-Tour gingen, war nun mal schmerzlich. Das Gefühl des Ausgeschlossenseins war weder zu halbieren noch zu mindern; da mochte es noch so viele Kinder in Afrika geben, die von allem zu wenig hatten. Gewiss, die hatten auch keinen Tretroller, doch was kümmerte mich das? Was ging mich das an, was andere auch nicht hatten? Meine Frustration, meine Wut waren nicht zu teilen. Nicht ganz und nicht halb. – Schmerz ist unteilbar. Grundsätzlich. Max sollte das wissen, und die Leute hier auch. Diese Art von Solidarität gibt es ganz einfach nicht.

Ich lese die Zeitungsausrisse und schüttle den Kopf. Ich höre mir die Geschichten an und zucke mit den

Schultern. Sollte ich etwas spüren? Stimmen hören? Mich unbekannten Mitleidenden zugehörig fühlen? Sollen sie bleiben, wo sie sind! Ich will nichts zu tun haben mit der Familie der jungen Frau, die vorigen Sommer in die Bucht bei der Pointe de Brezellec hinunterstieg und nie wieder raufkam. Ich will mich keinem der Hinterbliebenen verbunden fühlen, nur weil der Frau auf einer Küstenwanderung die Idee kam, mal eben die Füße ins Wasser zu stellen. Ich lese das, aber ich lese es, wie ich das Magazin des Mieterverbandes und die Wirtschaftsseite lese. Unbeteiligt sehe ich zu, wie sie mit ihrem Partner über die Felsbrocken klettert, sich hinsetzt. Und dann, kaum haben sie es sich bequem gemacht, stößt sich eine Welle aus dem wenig bewegten Wasser auf. Keine große Welle, groß genug aber, um die Frau aus dem Gleichgewicht zu bringen. Sie wird vom Felsen gespült, hinausgezogen in die Strömung. Der Gefährte stürzt sich ihr nach in die Fluten, doch die Strömung ist stark, die Frau ist nicht wieder ans Ufer zurückzubringen.

Ein Jogger auf dem Küstenweg hört die verzweifelten Schreie. Er steigt hinunter, springt ins Wasser, schafft es, die beiden ans Ufer zu bringen. Er leistet der Frau erste Hilfe, und sie scheint schon fast über den Berg zu sein, als sie mit einem Mal zu hyperventilieren beginnt. Sie zuckt, ihr Gesicht verfärbt sich, einzig eine Herzmassage hält sie am Leben.

Eine halbe Stunde später erst erscheint der Notarzt. Überzeugt, dass die Patientin sich nach und nach stabilisiert, storniert er die bereits bestellten Rettungs-

kräfte. So schnell wie möglich wird die Frau in den nahen Fischerhafen transportiert; von da soll sie auf dem Seeweg nach Douarnenez gebracht werden. Unterwegs jedoch kollabiert sie, glücklicherweise in unmittelbarer Nähe zur Seenotrettung, die trotz der Entwarnung ausgelaufen ist. Die Rettungssanitäter schließen die Frau an das Beatmungsgerät an, realisieren aber im selben Moment, dass die Sauerstoffflasche leer ist. An eine Versorgung der Sterbenden ist so nicht zu denken, weshalb der Rettungshelikopter angefordert wird.

Bis die Frau schließlich in einem Krankenbett in Douarnenez liegt, vergehen insgesamt fünf Stunden. Den besorgten Eltern wird am Telefon von einem Besuch abgeraten. Der Zustand ihrer Tochter sei kritisch, es sei mit allem zu rechnen. Sollten sie dennoch kommen wollen, was ihnen selbstverständlich unbenommen sei, wäre es ratsam, sich auf der Fahrt ins Krankenhaus mit dem schlimmstmöglichen Ausgang zu beschäftigen. Die Eltern fahren hin – und ihre Tochter lebt. Eine Herz-Lungenmaschine taktet ihr den Puls. Mehrfacher Herzstillstand, sagt der Arzt, Sauerstoffarmut im Hirn. Für drei Wochen noch reicht ihre Kraft, dann wird der entscheidende Knopf gedrückt.

Solche Geschichten gibt es. In der Saure-Gurken-Zeit füllen sie schon mal eine halbe Zeitungsseite. Das ist auch in Ordnung, nur: Ich habe mit all diesem Leid nichts zu tun. Verpflichtet bin ich einzig mir selbst. Und das ist schlimm genug. Denn vielleicht wäre heute

alles anders, hätten wir uns auf der Felsplatte von Penn ar Sont nicht geliebt. Mit Sicherheit wäre alles anders, wenn wir die Muscheln einfach im Rucksack verstaut und den Rückweg angetreten hätten. Doch wir dachten nicht daran, dass wir einmal froh sein würden um den Konjunktiv. Von Anfang an haben wir nicht daran gedacht.

Du wärst neben mir auf Penn ar Sont eingeschlafen. Deine Arme lägen neben dir, als hättest du sie auf unbestimmte Zeit beiseitegelegt; die Herzlinie deiner rechten Hand kreuzte einen Quarzeinschluss in der Felsplatte. Alle Viere hättest du von dir gestreckt. Du hättest dich ganz ergeben, ganz entspannt nach dem Spiel. Das Flackern unter deinen geschlossenen Lidern ließe erahnen, dass du abgetaucht bist in dein Eigenstes, verwickelt in ein Nächstes, Anderes: weit draußen auf hoher See, oder ganz nah, in den dunklen Nischen bei den Vieilles. Bild und Innenbild. Das einzig Verbürgte daran ist die Möglichkeit. Denn dieses Foto von dir gibt es nicht. Das letzte Foto von dir, Véro, wird es nie gegeben haben.

Einen Gedanken, bevor die Welle kam, gibt es nicht. Manchmal bilde ich mir ein, hätte es einen gegeben, er würde mir durch den Anfang hindurch helfen. Mit dir zusammen alt werden, Véro; mit dir nach Kuba fliegen; mit dir ein Haus bauen; wie gut du mir einfach tust. Doch es hat diesen Gedanken nicht gegeben. Ich war leer, erfüllt von dem, was eben noch gewesen war.

Wir hatten die Schalen der Langoustines an die Möwen verfüttert und den Muscadet leergetrunken. Die Kleider brannten auf der Haut, wir zogen uns aus, ein kaum spürbarer Wind spielte mit der Plastiktüte, die im offenen Rucksack lag. So muss es sein, sagte Véro, und wir legten uns ineinander, schmeckten im Mund des andern die faserigen Reste der Krabben. Als ich aus dir herausfiel, war ich nichts mehr, woran ich mich erinnern könnte.

Und dann war die Welle da. Ich hatte sie nicht kommen sehen. Ich hätte sie auch nicht kommen sehen können. Sie war einfach plötzlich da. Etwas hatte sie aus dem Meer herausgewuchtet, aufgetürmt unmittelbar vor unserem Muschelfelsen. Halb schon aus der

Ferne hörte ich, wie das Wasser mit einem dumpfen Knall am Felsen brach. Bevor ich auch nur Luft holen konnte, wurde ich für Sekundenbruchteile schwerelos. Die Wucht der Masse hob mich hoch, warf mich gegen die Wand aus Granit. Ich wurde herumgewirbelt, ruderte, strampelte, rotierte um einen Mittelpunkt, den es nicht gab. Ich spürte, wie es mir die Gelenke verdrehte, mir war, die Glieder würden mir aus dem Körper geschraubt. So muss es gewesen sein. So stelle ich mir vor, dass es gewesen ist.

Als sich die Welle wieder zurückzog in ihren leeren Bauch, versuchte ich Halt zu finden an einer Kante, mich festzukrallen in einem Spalt. Doch ich hatte keine Arme, die sich gegen den Sog hätten wehren können. Stattdessen verkeilte sich mein rechter Knöchel zwischen zwei Brocken, ich weiß nicht wie. – Dass er nicht geborsten ist, dieser Knoten aus Knochen und Bändern und Sehnen, dass er mich tatsächlich im Leben gehalten hat – ich begreife es bis heute nicht. Und ich erinnere mich an keinen Schmerz, ich erinnere mich an gar nichts. Die Bilder, die ich nicht mehr loswerde – ich weiß nicht, woher sie kommen. Ich kann nicht beschwören, dass es meine eigenen sind.

Wieder bei Bewusstsein, gelang es mir irgendwie, den zerschundenen Knöchel freizubekommen. Der Rücken, die Handflächen, die Knie waren aufgerissen oder abgeschmirgelt bis auf die Knochen. Ich sah meine Wunden, das Blut, aber ich spürte nichts. Ich hätte ebenso gut ein anderer sein können. Bevor ich

denken konnte, dass ich noch lebte, schrie ich nach Véro. Ich schaute um mich, rief und schrie und flüsterte ihren Namen. Rinnsale flossen über die Felsen ins Meer, wurden aufgefangen von einer schäumenden Wassermulde. Das Meer bei Penn ar Sont hatte den vollen Bauch eingezogen.

Ich schleppte mich über die Felsplatte, näher ans Wasser. Halb saß ich, halb lag ich da. Reglos, stumm. Nach und nach beruhigte sich die Meeresoberfläche, das Gekrächze von Möwen durchbrach eine unwirkliche Stille. Da erst sah ich sie. Etwas trieb draußen im Wasser, vielleicht dreißig Meter vor mir. Es war unmöglich zu erkennen, was es war, doch es konnte, es durfte nichts anderes sein als Véro.

Merkwürdig – ich komme mir vor, als fühlte ich mich in eine fremde Person ein. Ich bin es, aber ich kenne mich nicht. Meine eigenen Empfindungen sind mir nicht zugänglich, sie haben nicht einmal eine Farbe. Wenn ich überhaupt etwas gewesen bin in jenen Minuten und Stunden, dann war ich auf eine Weise bei mir selbst und außerhalb von allem, die jenseits jeder Fassbarkeit liegt. Und gleichzeitig ist mir bewusster denn je, dass ich mich als Überlebender damit nicht zufrieden geben darf. Es ist meine verdammte Schuldigkeit, den Weg zurück zu finden in diesen Zustand, den Weg zurück auf die Felsen bei Penn ar Sont, wo Véro im offenen Meer trieb, halb noch an der Oberfläche, halb schon in einer vorläufigen Tiefe. Sie bewegte sich nicht anders als die weichen Wellen, die sie immer weiter mit sich hinausnahmen

in die Strömung. Wie selbstverständlich, fast schon Teil einer anderen Natur, trieb sie von mir weg. Zwischen zwei Wassern schwamm mir Véro davon.

Die Ereignisse nach dem Unfall sind ein Film, der an vielen Stellen gerissen ist. Ganze Sequenzen sind verloren, die Bilderfolge, die mir im Kopf herumgeistert, ein einziges Flickwerk, aus der Erinnerung zusammenmontiert. Keine Ahnung, wie ich zum Arzt gekommen bin, keine Ahnung, wie lange er an mir gearbeitet hat. Auf seine Fragen nach Name und Wohnort muss ich Max erwähnt haben; anders kann ich mir nicht erklären, dass er plötzlich im Behandlungszimmer auftauchte und sich von meiner Rettung berichten ließ. Auch davon weiß ich nichts mehr. Hätte Max später nicht alles nacherzählt, mehr als einmal, ich würde behaupten, ich sei weder gefunden noch auf irgendeinen Schragen gelegt worden. Ein sonderbares Gefühl, auch jetzt noch, ein Stück eigenes Leben mündlich nachgereicht zu bekommen.

Max sagt, gegen Abend habe mich ein Küstenangler aus Lescoff entdeckt. Einige Felsbänke von Penn ar Sont entfernt hatte Loïc Donard eben die Angel ausgeworfen, als ihm auffiel, dass die Brandung mit etwas Farbigem spielte, dem Rucksack oder Véros T-Shirt,

nehme ich an. Aus einem Unbehagen heraus wollte er sich den Küstenabschnitt genauer ansehen. Weil die steigende Flut den direkten Zugang verhinderte, stieg Donard zum Küstenweg hoch, ging ein paar Schritte nach Osten, kletterte an geeigneter Stelle die Klippe wieder hinunter. Er traute seinen Augen nicht: Da lag tatsächlich einer. Nackt, gegen einen Felsen gelehnt. Blutverkrustet, bei Bewusstsein, aber nicht ansprechbar. Sein starrer Blick verlor sich in der Weite des Meeres. Und er redete ohne Unterlass. Er brabbelte unverständliches Zeug, hob eine Hand, schlug den Hinterkopf gegen den Stein.

Ich stelle mir vor, wie der Arzt sich an meinen Wunden zu schaffen macht und von diesem nicht mehr ganz jungen Mann erzählt. Und ich stelle mir vor, wie Max daneben steht. Sein Gesicht, der ungläubige Blick, der über meinen Körper wandert. Der Angler berichtete, ich hätte mich sogar aktiv am Aufstieg zum Küstenweg beteiligt, nur so sei es überhaupt möglich gewesen, mich ohne Einsatz der Seenotrettung zu bergen. Schließlich habe er mich in seinem Mofa-Anhänger zur Arztpraxis gekarrt.

Offener Knöchelbruch, klaffende Fleischwunde am Rücken, Hautabschürfungen, erheblicher Blutverlust. Das nennt man wohl Glück. Der Arzt fand es jedenfalls erstaunlich, dass noch alles an mir dran war, sagt Max. Immer wieder schreckte ich ohne erkennbaren Anlass auf, ich zuckte in Spasmen und rief nach Véro. Irgendwann schlief ich dank der Schmerzmittel ein und wurde ins Krankenhaus von Douarnenez

gefahren. Der Knöchel, den der Arzt nicht anzurühren gewagt hatte, wurde operiert, in der Radiologie ließen sich innere Verletzungen ausschließen.

Bei einem seiner Besuche im Krankenhaus sagte Max mit einem Unterton, den ich erst nicht verstand, die Sache werde nicht an die große Glocke gehängt. Max, der Lebenspraktiker. Ich hatte mir keine Sekunde überlegt, dass sich die Nachricht vom Unfall hier wie ein Lauffeuer verbreiten würde. Der nackte Tourist auf Penn ar Sont: ein Freund von Max. Muscheln sammeln, der geile Idiot – und seine Freundin – das hat er jetzt davon. Eine Rückkehr auf das Cap wäre für mich unmöglich gewesen. Die Blicke von Jean Le Bars, von Edmond, von Jeanne und all den andern, die mich hier kennen. Das Getuschel hinter meinem Rücken, jeder Schritt hier wäre unerträglich gewesen. Das werde ich Max nie vergessen. Schweigepflicht, schön und gut, sagte er. Doch ich weiß, wie der Herr Doktor drauf ist nach ein paar Gläsern. Ich habe ihm also ins Gewissen geredet; er wird schweigen. Dann bin ich direkt zu Loïc Donard gefahren. Dein Lebensretter ist ein arbeitsloser Bürokaufmann, der sich die Zeit mit Angeln vertreibt. Das ist das einzige Schweigen, das er kennt. Aber er hat versprochen, deinen Namen nicht herumzuposaunen, sagte Max, und er wird uns nicht erwähnen, wenn er in der Kneipe mit seiner Retterstory auftrumpft.

Max hat sich nicht getäuscht. Arzt und Angler haben dichtgehalten. Nicht ein einziges Mal wurde Max auf mich angesprochen, die Meldung in der Zei-

tung ließ ohnehin keine Rückschlüsse auf die Identität der beiden Verunfallten zu, und Tage später war das traurige Ereignis auf Penn ar Sont kein Thema mehr.

Max holte im Chambre d'hôtes meine Sachen und die von Véro, regelte die Formalitäten. Eine Woche später brachte er mich von der Klinik zum Flughafen. Der Reisekoffer rutschte auf der Rückbank seines knatterigen Ford hin und her, knallte in jeder Kurve gegen die Wagentür.

Im Flieger blieb der Platz neben mir leer. Da begriff ich zum ersten Mal, dass ich noch lebte. Ich war der Gerettete. Ich bin es noch, und ich werde nie mehr etwas anderes sein.

Bis ich es schaffte, die Nummer, die mir Max noch im Krankenhaus gegeben hatte, wenigstens neben das Telefon zu legen, dauerte es drei Wochen. Loïc Donard hatte mir etwas geschenkt, wonach ich nicht verlangt hatte. Mir war etwas aufgedrängt worden, womit nicht klarzukommen war, und ich mochte mich dafür nicht auch noch bedanken. – Wie ein Leben annehmen, das man gar nicht will? Das ist das eine; das andere ist, dass man sich dafür hasst.

Freunde rieten mir, mich krankschreiben zu lassen, andere hielten einen Aufenthalt in einem Zen-Kloster für geeigneter. Meine Eltern waren überzeugt, dass Wandern helfen würde. Gehen reinigt und mittet ein, Santiago de Compostela, sagten sie. Der Schuldirektor bot mir eine Woche Krankenurlaub an; ich solle hinausfahren auf das Cap, das geschenkte Leben symbolisch in Empfang nehmen und das alte dort lassen. Sie mochten ja alle Recht haben, doch ich brauchte keine Ratschläge. Wie mit einem Leben umzugehen war, das ich bereits abgelegt hatte, brauchte mir keiner zu sagen.

Die Nummer neben dem Telefon habe ich nie gewählt; am Tag meiner Abreise hierher schmiss ich sie weg. Und dennoch hat es der Gerettete geschafft, sich der Zukunft, die es für ihn nicht gibt, endlich zu stellen. Heute Morgen bin ich bei Loïc Donard gewesen. Ich habe ihm in die Augen gesehen und das Wort ausgesprochen, das längst hätte gesagt sein müssen.

Ich hatte mir diesen Moment sehr emotional vorgestellt. Auge in Auge mit dem Lebensretter. Und dann passierte nichts. Er hatte weder mich selbst noch meinen Dank erwartet, quittierte das Wort mit einem Kopfnicken. Damit wäre die Angelegenheit erledigt gewesen. Ich machte Anstalten zu gehen. Doch dann bedeutete er mir, mich hinzusetzen. Und er begann zu erzählen.

Heute Morgen ist mir erneut bewusst geworden, dass der Tod hier draußen immer auch etwas Anekdotisches hat. Man erzählt sich Geschichten vom Sterben, weil sie zum Leben gehören. Doch der Tod, über den gesprochen wird, ist immer ein entfernter Tod. Die Geschichten über das Sterben sind Platzhalter für die Sprachlosigkeit im Eigenen.

Der Freund eines Onkels von Loïc Donard hatte angeblich bereits als Heranwachsender auf einem Hochseekutter angeheuert. Während eines schweren Sturms vor Brest im November siebenundfünfzig war er über Bord gegangen. Ein jugendlicher Fehltritt, sagte Donard, ein Moment der Unachtsamkeit wahrscheinlich, die Umstände des Unfalls hätten nie aufgeklärt werden können. Wie auch, sagte er. Solche

Vorkommnisse werden zwar untersucht, aufgeklärt aber werden sie nie. Es mag mehr oder weniger plausible Versionen des Hergangs geben, Gewissheit jedoch gibt es nur eine einzige. So ist das überall; weshalb sollte es auf hoher See anders sein? So gerne wir das glauben möchten – Gesetzmäßigkeiten gibt es keine.

Er sah zu mir hin, doch sein Blick flog an mir vorbei. Unwillkürlich folgte ich ihm, sah schräg hinter mir eine alte, gerahmte Fotografie. Eine junge Familie am Kai. Der Mann in Seemannsuniform hält seine Frau um die Hüfte. Der Knirps in ihren Armen scheint mit Papas Mütze in die Kamera zu winken. Glauben Sie mir, sagte Donard. Seine Stimme war tiefer geworden, er sprach langsam, leise. Glauben Sie mir, sagte er und senkte den Blick, ich habe mich aus gutem Grund gegen das Meer und für das Büro entschieden. Aber das ist jetzt nicht das Thema. Was ich Ihnen sagen will: Sie überschätzen sich, wenn Sie denken, das, was auf Penn ar Sont passiert ist, habe irgendetwas mit Ihnen selbst zu tun. Dafür ist die Wahrscheinlichkeit eines solchen Ereignisses nun wirklich zu klein. Sie hatten keine Chance, beide nicht. Das ist alles. Diese Wellen – oft sind es Einzelgänger, man sieht sie nicht, man hört sie nicht. Sie bauen sich weit draußen im Meer auf, von unten her. Sie schieben sich in der Tiefe übereinander, schichten sich auf, ohne dass an der Oberfläche etwas zu sehen wäre, bis ihnen in Küstennähe der Platz ausgeht. Sie laufen auf den Felsen auf, türmen sich unvermittelt hoch. Wenn es einen in diesem Moment erwischt, ja, dann wird es allerdings Nacht.

Mitten am Tag. Sehen Sie, auf Penn ar Sont haben schon Hunderttausende Moules gepflückt, Generationen von Einheimischen und Touristen. Ich geh da selbst immer hin. Ich weiß, was Sie jetzt denken. Aber es ist nicht so. Nichts hat sich verändert. Es gibt keinen Grund, den Ort zu meiden. Was damals geschehen ist, kann nach menschlichem Ermessen gar nicht passieren, verstehen Sie. Das hat nichts mit Fahrlässigkeit zu tun. Nicht einmal Unaufmerksamkeit können Sie sich vorwerfen. Gewiss, dem Meer soll man nicht den Rücken zuwenden, und man soll keinen Mittagsschlaf machen auf den exponierten Felsen. Aber selbst wenn Sie das Wasser keine Sekunde aus den Augen gelassen hätten – es hätte Ihnen nichts genützt. Wenn die Lame de fond kommt, gibt es nichts zu sehen oder zu hören. Wenn sie kommt, ist sie schon da. So ist das hier. Es war einfach – verdammtes Pech. Es mag Ihnen zu wenig sein, aber mehr ist dazu nicht zu sagen.

Donard hob den Kopf, sah mir in die Augen. Sein Blick war von einer Verbindlichkeit, die ich nicht erwartet hatte. Was er gesagt hatte, war mir nicht neu. Max hatte mir das alles Dutzende Male erklärt, an seinem Küchentisch mit Skizzen veranschaulicht. Dennoch hörte es sich aus dem Mund von Loïc Donard irgendwie anders an. Er schlug sich mit beiden Händen auf die Knie, um das Ende unseres Gesprächs zu markieren, erhob sich, dehnte sich demonstrativ das Kreuz.

Die Wahrscheinlichkeit, sagte ich aus einer plötzlichen Freiheit heraus, das ist es doch gerade. Ich habe

das Falsche getan; wie also soll die Wahrscheinlichkeit nicht mit mir zu tun haben. Ich hätte da nun mal nicht runterklettern sollen, sagte ich und griff nach meiner Jacke. Wären wir nicht runtergestiegen, ich meine, wegen ein paar Muscheln – es wäre alles anders. Alles wäre noch wie immer. Und Sie sagen mir, das hat nichts mit mir zu tun?

Loïc Donard stand bereits beim Hauseingang, schaute in den Hof, als habe er mich nicht gehört. Ich wartete vergeblich auf eine Reaktion, stand widerwillig auf. Einen Augenblick standen wir Schulter an Schulter bei der Tür. Dann ging ich. Grußlos.

Ich hatte schon fast die Hofausfahrt erreicht, als ich seine Stimme hörte. Wenn einer bei Grün über die Straße geht, zum Bäcker, und dabei überfahren wird, sagte Loïc Donard, würden Sie ihm vorwerfen wollen, dass er Lust hatte auf ein Croissant?

Großmutter ist der einzige Mensch, den ich tot gesehen habe. Ich war vier, und es war am Morgen danach. Man hatte ihr das Kinn hochgebunden ins zahnlose Gesicht, hatte sie zugeschnürt bis unter die Nase. Seit fast vier Jahrzehnten trage ich dieses Bild in mir, immer weniger bin ich davon überzeugt, dass es mein eigenes ist. Natürlich habe ich Großmutter tot gesehen, und ich weiß mit Bestimmtheit, dass ihr das Kinn hochgebunden worden war. Ich sehe es genau vor mir: die gelbstichige, pergamentene Haut, das weißliche Dreieck um die Nase, die leeren, nach innen gestülpten Lippen. Dennoch frage ich mich, was das Kind damals gesehen hat, was es wirklich gesehen hat.

Die Bilder, die man hat, und die Bilder, die man sich macht. – Seit ein paar Monaten sind es meine Eltern. Ungebeten tauchen sie auf, nicht in einzelnen Bildern, sondern in ganzen Filmsequenzen. Sie haben spät geheiratet, ich wurde gezeugt, als beide sich bereits auf ein kinderloses Leben eingestellt hatten; drei Jahre später bekam ich noch einen Bru-

der. Mittlerweile sind sie in einem Alter, in dem für gewöhnlich angefangen wird zu sterben.

Ein Grund für die nicht eben angenehme Bilderflut ist das kaum. Mein Arzt würde wohl Verlustangst diagnostizieren und mich mit einem Lächeln ein kleines bisschen näher an den Abgrund stoßen. Vieles hat mit Véros Tod zu tun, gewiss, doch es stimmt nicht, dass es in meinem Leben nur noch um das geht, was ich nicht mehr habe; mindestens so wichtig scheint mir alles das, was ich noch nicht habe. Antworten. Und gerade in Bezug auf das Leben meiner Eltern gibt es viele fehlende Antworten auf ungestellte Fragen. Deshalb, denke ich, sind es sie, die seit einiger Zeit ungebeten auftauchen. – Ein Martinshorn etwa lässt mich unwillkürlich zusammenzucken. Ich sehe die Ambulanz an den Unfallort fahren. Vater sitzt noch am Steuer, sein Kopf hängt aus dem geborstenen Fenster der Fahrertür. Er regt sich nicht. Vergeblich wird versucht, ihn aus dem Fahrzeugwrack zu bergen. Erst die Feuerwehr schneidet ihn aus dem komplett zerstörten Wagen. Endlich beginnen die Ärzte mit der Erstversorgung. Dann legt sich die Hektik am Unfallort. Mein Vater liegt unter einem großen weißen Tuch. – Oder das Telefon. Klingelt es zu unerwarteter Stunde, bin ich überzeugt, es ist die Notaufnahme. Ihre Mutter, leider ja, beeilen Sie sich. Mutter liegt im Bett, ihr Kopf ist von einem Kissen gestützt. Sie bekommt keine Luft, Krämpfe schütteln sie. Die Krankenschwester blickt ausdruckslos auf einen der Bildschirme. Mut-

ters Puls wandert, schleppt sich von Signalton zu Signalton. Vater sitzt neben dem Bett, legt ihr einen feuchten Waschlappen auf die Stirn. Wasistdenn, washastdu, wassollich. Dann bleibt der Puls stehen. Vater ist ein aufgerissener Mund. – Immer sind es scheinbar unverfängliche Situationen, in denen die Visionen auftauchen. Autofahren, Treppensteigen, Einkaufen, Schlafen, Wandern. Mal trifft es Vater, mal Mutter. Ihre toten Gesichter sehe ich nie, und nie sterben sie gemeinsam. In Wahrheit kann ich mir weder Mutter noch Vater anders vorstellen als so, wie ich sie gerade in diesem Moment vor mir sehe.

So tröstlich es ist, dass mir die Bilderreigen das Gesicht des Todes ersparen, so merkwürdig ist es. Manchmal scheint mir, all die Toten, denen man auf irgendeine Art und Weise schon begegnet ist, reichen nicht hin, sich eine Vorstellung vom wahrhaft leblosen Körper zu machen. So verstörend diese Bilder sein mögen, das wahre Gesicht des Todes ist jenseits aller Vorstellbarkeit. – Véro zwischen zwei Wassern. Vom Ufer aus habe ich etwas gesehen, was ich für Véro gehalten habe, weil es nichts anderes gab, was Véro hätte sein können. Ein Bild von diesem Tod aber habe ich nicht. Die Unwiederbringlichkeit hat keine Augen, keine Nase, keinen Mund. Wie damit umzugehen sein soll? Ich weiß es noch immer nicht. Ich weiß nur, dass ich ein Bild von diesem Tod bräuchte. Véros lebloses Gesicht wäre mir ein Lebensbegleiter, ein im Gedächtnis eingebrannter Gefährte. Es wäre

ein schrecklicher Ersatz für die Liebe, ein Ersatz aber wäre es immerhin.

Die einzigen verlässlichen Bilder von Véro sind die Fotos. Mit jedem Tag werden sie weniger, denn ich zerreiße sie hier oben auf meiner Kanzel, stecke die Schnipsel in leere Schalen von Langoustines und verfüttere sie an die Möwen. Das nützt. Im Gegensatz zu den Wörtern. Dutzende Abschiedssätze habe ich Véro schon hinterhergerufen, in das Blau hinaus, auf dass es der letzte sei. Immer schießen neue ein. Sie wachsen in meinem Kopf, gehen mir ungesprochen auf, zusammen mit all den andern Sätzen, für die es immer zu spät sein wird. Und schon dreht sich alles im Kreis, bis mir schwindlig ist.

Kriege ich dann doch einmal einen vernünftigen Gedanken zu fassen, klammere ich mich daran, als gäbe es nur diesen einen. So geht es mir mit einer Bemerkung von Loïc Donard, die mir manchmal in seinen eigenen Worten ins Hirn blitzt. Wenn Sie dieses Unglück mystifizieren, werden Sie nicht weiterleben können; akzeptieren Sie es, dann hatte Ihre Rettung einen Sinn. Beiläufig hat er mir diesen Satz hingelegt, zwischen meereskundliche Erörterungen und Sträuße von Muscheln. Dann sitze ich da mit diesem Satz, schaue in den Abgrund über dem Horizont. Weit unter mir ein fernes, rhythmisches Rumpeln, ein Grollen, ein Murmeln, nichts.

Neuerdings schichte ich den Steinhaufen um, wenn ich herkomme. Ich lege den mitgebrachten Stein da hin, wo der neue Haufen entstehen soll, trage dann einen Stein nach dem andern von hier nach dort. Mal versuche ich eine Pyramide, mal einen schlanken Turm oder eine Art Kegel. Es sind lange Tage hier oben, und es gibt keine Hütte zu bauen.

Vorhin habe ich ein Stück Fisch ausgelegt. In ein paar Metern Entfernung, am Rand der Kanzel. Die Möwen kreisten in sicherer Höhe, krächzten erbärmlich, bis eine auf den Köder zuschoss, um gleich wieder aufzusteigen und dabei lauthals zu schimpfen. Der Fisch liegt noch immer da. Sie trauen sich nicht. Sie trauen *mir* nicht. Himmel und Erde – wie soll das zusammengehen.

Es sind lange Tage hier oben. Nicht immer stehe ich sie durch. Wenn sich alles dreht im Kopf, wenn die Fliehkraft jeden einzelnen Gedanken gegen die Schädelwand drückt, kommen die Kopfschmerzen. Ich kenne diesen Schmerz aus der Kindheit, als die Mutter irgendwo in den Bergen zur Kur war. Am

Abend, wenn mein Bruder schon schlief, breitete sich eine Art Druck aus, der kaum auszuhalten war. Wie ich auch betete, es half nichts. Ich lag starr im Bett und hatte keine andere Wahl, als zu warten, bis mich die Erschöpfung in einen leichten Schlaf sinken ließ.

Drei Wochen lang ging das so. Vor Müdigkeit überstand ich kaum die Tage, aber ich hielt durch. Lieber hätte ich gar nicht mehr geschlafen, als Vater vom Schmerz zu erzählen. Er hatte es schwer genug, das wusste ich. Mehr als einmal sah ich durch den Türspalt, wie er spätabends noch ein Bier aus dem Kühlschrank holte. Und noch eins. Als wir Mutter vom Bahnhof abholen konnten, als sie tatsächlich wieder da war, schien mir eine Ewigkeit zu Ende. Sie sah besser aus als vor der Kur, Vater fand das auch. Dennoch schlief ich am Abend ihrer Rückkehr noch später ein als sonst. Ich lag steif im Laken, war überzeugt, dass der Schmerz jeden Augenblick da sein würde. Mir war heiß und kalt. Ich zählte die Schläge der Kirchenuhr, ich zählte sie alle, und sie wurden immer mehr. – Es war schon hell, als Mutter zu mir ans Bett kam. Ich war müde, und ich hätte es ihr gern gesagt: Der Schmerz war nicht zurückgekehrt.

Der Schmerz, der mich hier anfällt, ist ein sonderbarer: eine wachsende Beengung, von innen und von außen zugleich. Die Muskeln sind angespannt, Ober- und Unterkiefer zusammengepresst, die Augen lassen sich nicht öffnen und nicht schließen. Der Kopf droht zu bersten und gleichzeitig zu zerbröseln; beides wäre eine Erlösung, doch nichts geschieht.

In solchen Momenten kapituliere ich und gehe zu Max. Der Weg zu seinem Haus gibt meinen Gedanken eine Richtung. Kaum bin ich ganz oben auf der Klippe, lässt der Druck nach, steh ich vor seiner Tür, ist der Kopf wieder frei. Fast täglich bietet Max mir eine Möglichkeit der Zerstreuung an. Es hat etwas Hilfloses, wenn er sagt: Damit du auf andere Gedanken kommst. Als wüsste er nicht ganz genau, dass ich gerade nicht auf andere Gedanken kommen will, weil es keine anderen gibt. Die Kopfschmerzen haben einzig damit zu tun, dass ich nicht mit ihnen umgehen kann.

Max versteht das nicht, weil er es nicht kennt. Was ich hier oben tue, ist ihm so fremd wie der Gedanke an Urlaub in einem Wellnesshotel. Gleichzeitig reden und sich zuhören. Der Versuch, spiralig zu denken, immer näher heran an die Mitte. Andere joggen im Wald, hören Musik, reden mit Freunden, gehen in Therapie – mir hilft das nicht. Es bringt mich nicht dahin, wo mein Leben anfangen könnte. Deshalb predige ich und höre mir zu. So lange wenigstens, wie ich es aushalte.

Fünf Tage noch. Fünf Steine. Ich habe nachgezählt. In fünf Tagen, wenn ich ausgepredigt haben werde, komme ich noch einmal, ein letztes Mal hierher. Unter mir wird das Meer sein. Hier wird wieder ein Meer sein, wie früher hier eines gewesen ist. Nichts anderes will ich mir vorstellen. Ich werde ganz vorne auf meiner Kanzel stehen und in die geschäumte Brandung hinabschauen. Die Wellen werden mit Getöse zer-

bersten, zerstieben am Granit, meterhoch aufspritzen, oder auch nicht. Aber ein Meer wird hier sein, und ich werde einen Stein nach dem andern vom Haufen nehmen, jeden einzelnen über den Kanzelrand werfen. Ich spüre, endlich spüre ich, dass es gelingen wird.

Bis es so weit ist, predige ich, vor und unter diesem Himmel, diesem unfasslichen Blau. Und ich denke, ein für alle Mal, was ich mir zu denken vorgenommen habe. Das tut am meisten weh. Verstehen muss das keiner. Auch ein Freund nicht.

Im Grunde rührt es mich ja, wie sehr Max um meine Zerstreuung besorgt ist. Einmal habe ich eines seiner Angebote auch wirklich angenommen. Ich hatte mich in einen Kopfschmerz hineingepredigt, der mir den Verstand zu rauben drohte. Jeden Pulsschlag spürte ich im Hirn, irgendein Nerv zog mir das linke Augenlid schief. Weiterdenken war unmöglich, also schleppte ich mich zu Max. Er wollte mit mir zur Pointe du Mouton fahren. Heute, hatte er gesagt, bist du reif für die Hure von Plogoff. Und er hatte Recht. Die Hure war fällig, denn in all den vorangehenden Urlauben hatte ich es nicht geschafft, ihr einen Besuch abzustatten. Nur gehört hatte ich von ihr, in zahllosen Gesprächen zu später Stunde war sie wie ein Geist aufgetaucht und wieder verschwunden. Eine Wiedergängerin, von der man nicht wusste, wohin sie als nächstes zu gehen gedachte. Max wollte mir die Reste der keltischen Grabstätte zeigen, wo sie zu Beginn des vorigen Jahrhunderts gewohnt hatte.

Als wir hinkamen, war da nichts zu sehen als eine Art Mulde, in der gehauene Steine lagen. Die Geschich-

te, sagte Max, um meiner Enttäuschung zuvorzukommen, es ist die Geschichte, die zählt, nicht das, was die Zeit davon übrig gelassen hat. Die plattenförmigen Monolithen, die den Kelten als gedeckte Grabstätte dienten, dozierte er, wurden im vorletzten Jahrhundert als Steinbruch verwendet; viel haben die Dorfbewohner nicht übrig gelassen, wie du siehst. Doch die Geschichte bleibt. Und in den Geschichten, sagte er, liegt letztlich der Reichtum der Anschauung.

Wir setzten uns an den Rand der Mulde, er erzählte von der namenlosen Hure aus dem Dorf, die hier mit ihren Schafen und der wachsenden Schar unehelicher Kinder vegetiert hatte. Regelmäßig erhielt sie Besuch von mehr oder weniger feinen Herren aus der Umgebung, die von ihr verwöhnt werden wollten, sagte Max. Anfangs reichte das leidlich für ein Auskommen, doch die Kinderschar wurde mit jedem Jahr größer. Die im Tausch mit ihren Liebesdiensten erworbenen Lebensmittel und die Milch der Schafe vermochten die Familie nicht länger zu ernähren. Obwohl der eine oder andere Freier auch mal in bar zahlte und aus Mitleid noch einen Centime drauflegte, sah sich die Hure von Plogoff gezwungen, ihre Kinder auf die weit verstreuten Bauernhöfe zu verdingen. Und das tat sie auch, sobald die Kleinen in der Lage waren, Vieh zu hüten. Man sagt, über ein Dutzend Hurenkinder seien damals auf den Bauernhöfen verteilt gewesen. Billige Arbeitskräfte, anspruchslos in der Haltung, fast so anspruchslos wie die Schafe und Kühe, die von ihnen gehütet wurden. Und wenn

du dir vorstellst, wie viele Bauern die rechtlosen Mädchen schwängerten, um sie dann vom Hof zu jagen, sagte Max, so ist leicht auszurechnen, dass heute noch der eine oder andere direkte Abkömmling der Hure von Plogoff hier lebt. Die Hure selbst übrigens verlor beim Einsturz des Grabhügels zwei der Kinder, die ihr noch geblieben waren. Mit dem Neugeborenen, das ebenso überlebt hatte wie sie selbst, zog sie von da an über die Heide. Sie lebte bei den Schafen, schlief in Geländemulden oder unter den Felsabrissen an der Küste. Sie ernährte sich von Beeren und Gras, trank Schafsmilch und Regenwasser. Innerhalb von Wochen war sie so ausgezehrt, dass sie keine Männer mehr hätte empfangen können, selbst wenn noch welche gekommen wären. Sie streunte auf der Pointe du Mouton umher, wohl ein halbes Jahr lang, bis sie eines Tages von einem Fischer aufgefunden wurde. Es hatte geregnet, der Wind wetzte sich an den Klippen. Sie hockte auf einem Felsen an der Südküste. Das lange Hemd war zerfetzt, halb bedeckte es ihren Oberkörper. Sie zitterte, ihre Lippen waren geschwollen und aufgesprungen. In ihrem Arm lag das Kind, steif, seine Haut war fahl, aschgrau. Noch heute, sagte Max, redet man von ihrem blöden Blick. Sie muss ungewöhnlich große Augen gehabt haben, vorstehende Augäpfel, die ihr etwas Glupschiges verliehen, etwas Verschwenderisches und Unschuldiges zugleich. Die Freier hatten sie auch dafür geliebt. Aber jetzt hockt sie da unten auf den Felsen, das tote Kind im Arm, schaut glupschig auf das Meer hinaus.

Man weiß nicht, ist sie schon draußen und reitet auf der ewigen Welle? Hofft sie noch auf die starke Hand Ankous, der sie an seine Brust nimmt und nach Hause trägt, in die dampfende, unterirdische Welt in Yeun Ellez? Die Augen jedenfalls sind bereits unterwegs, aus dem Kopf heraus in eine andere Haut. Das ist der blöde Blick, sagte Max. Die Milchsäure habe ihr das Hirn zerfressen, heißt es. Das stimmt natürlich nicht. Die Glupsche war einfach am Ende, das ist alles. Sag übrigens nie Glupsche, das gibt hier Ärger. Ich habe den Fehler nur einmal gemacht, sagte Max. Erinnerst du dich an Josefine aus Plouhinec, die mit dem Pariser Akzent? Wir trafen sie vor Jahren mal in der Dorfbar. Die hatte doch auch so einen Blick. Nicht wirklich, aber so ähnlich. Ich erzählte Jean Le Bars von ihr, wie sie mir nachstellte, Blumen vor die Tür legte, mitten in der Nacht klingelte, im Regenmantel, mit nichts drunter. Wir tranken viel, Jean und ich, und irgendwann an dem Abend sagte ich, ich wünschte, die dämliche Glupsche ließe mich endlich in Ruhe. Du hättest Jeans Gesicht sehen sollen. Seit jenem Abend weiß ich: Hier draußen darfst du kein Mädchen Glupsche nennen, denn es gibt nur eine: die Hure von Plogoff.
– Man sagt, der Fischer, der sie gefunden hatte, habe sie zu sich nach Hause geschleppt, in einen Rock seiner verstorbenen Frau gesteckt und ihr etwas Warmes zu essen gegeben. Dann habe er sie ins Armenhaus gefahren. Andere behaupten, sie habe bei ihm bis zu ihrem Tod als Haushälterin gedient, gegen Kost und Logis. Wahr ist weder das eine noch das andere. Die

meisten hier erzählen sich eine dritte Version, die von Jean. Sogar die Frau des Gemeindepräsidenten hält sie für die richtige. – Da steht dieser Fischer also plötzlich vor der völlig verwirrten und entkräfteten Frau. Sagt Jean. Sie erschrickt, schaut ihn an mit ihrem blöden Blick und beginnt zu wimmern. Sie wimmert immer lauter, sie schreit, sie krampft. Dann verstummt sie. Sie sitzt reglos da, das Kind im Arm. Jammernd kreisen Möwen, Kormorane pfeilen knapp über der Wasseroberfläche nach Feunteun Aod, die Flut frisst sich die Klippe hoch. Jetzt steht die Hure auf. Der Wind fährt ihr ins Haar, reißt an den Fetzen ihres Hemds. Kaum vermag sie sich auf den Beinen zu halten. Der Fischer steht einige Meter entfernt. Gegen den Wind redet er auf sie ein. Die Hure schaut nicht in die Tiefe, sie glupscht hinaus. Ganz vorne steht sie, am Rand des schmalen Felsvorsprungs. Sie ist vollkommen ruhig. Noch einmal sucht sie den Blick des Fischers, atmet aus mit erhobenem Kopf. Dann wendet sie sich ab – und tut den ersten Schritt.

Mir wird immer wieder neu klar, dass es nicht die Inhalte, sondern die Bilder sind, die mich an Geschichten faszinieren. Setzt sich Max mit einem Glas Lambig tief in die Hängematte, dann hoffe ich auf neue Bilder, die zu einer neuen Erzählung gehören. Es macht keinen Unterschied, was er erzählt; ich nehme die Bilder in mich auf, seine Geschichten, die in dem Maß wahr sind, wie er sie erfindet: Wie er an windstillen Sommertagen in die Bucht von Douarnenez fährt, sich vor Sonnenaufgang auf einen Felsen setzt und so lange aufs Meer hinausschaut, bis die Türme von Ys aus dem Wasser auftauchen. Die glitzernde Silhouette der versunkenen Stadt, Kuppeln aus Gold. Nicht jeder bekommt sie zu sehen, sagt Max, aber jeder, der lange genug wartet. Ives, ein Freund von Jean Le Bars, hat sogar einmal das Läuten der Glocken gehört, an einem außergewöhnlich klaren Tag irgendwo vor der Pointe du Millier. Und ich sage dir, sie läuten wirklich, wenn man sie hören will, sagt Max.

Mit der Ernsthaftigkeit und Detailkenntnis eines Fachmanns berichtet er dann von der Springflut, die

1923 in der Bucht von Douarnenez Überreste von alten Bauten freilegt hat. Er erzählt vom Meeresspiegel, der im Lauf der Jahrhunderte nachweislich gestiegen ist; von der Straße aus gallo-römischer Zeit, die bei Douarnenez geradewegs ins Meer führt; von römischen Ziegelscherben, die in fünfzehn Metern Tiefe gefunden wurden. Okay, sagt er, dass es in dieser Bucht tatsächlich einmal eine Stadt gegeben hat, ist eine Vermutung. Aber keine schlechte. Und selbst wenn es anders wäre: Die goldenen Spitzen der Türme, die sieht man, wenn man lange genug wartet. Und mancher hier draußen hat sie schon gesehen.

Übergangslos reiht er seine Erzählungen aneinander. Mündliche Überlieferungen und verbürgte Ereignisse verwebt er mit seiner eigenen Gestaltungskraft zu einem engmaschigen Fabulierteppich. Ich schenke mir Lambig nach, betrachte den redenden Koloss in der Hängematte. Er hat den Kopf zur Seite gelegt, starrt ins offene Feuer, nippt ab und zu am Glas. Mir werden die Glieder schwer, die zunehmende Betrunkenheit drückt mich auf die harte Holzbank am Esstisch.

In Wahrheit aber bin ich unterwegs an der Nordküste. Bild für Bild streife ich mit Max durch den Wald bei der Mühle Keriolet. Im nächtlichen Moos, im freigespülten Wurzelwerk der Bäume halten wir nach Korriganen Ausschau. Während er sich auf den offenen Blick verlässt, murmle ich formelhaft Wörter vor mich hin, die ich selbst nicht verstehe, lugu-

nez, lezugar, vian – kervoazec, kersquivit, vras, bis ich eine andere Stimme höre und verstumme. Weicher, leiser Gesang. Ich bilde es mir nicht ein. Ich spähe hinüber zum Bach, von wo ich gekommen bin. Da singt jemand mit elfenhaft reiner Stimme, doch ich kann nichts erkennen, das Dunkel ist undurchdringlich. Lugunez, lezugar, vian – kervoazec, kersquivit, vras. Diesmal singe ich auch. Der Himmel reißt auf, und der Mond schickt einen Finger. Er zeigt auf ein Moosbett am Bach. Da sitzt dieses zauberhafte Wesen im Schutz eines Findlings. Eine Druidenpriesterin, die sich vor den Christen hierher gerettet hat. Selbstvergessen kämmt sie sich das alterslose Haar, und sie singt, wie ich noch niemanden habe singen hören. Je länger ich ihrem dünnen, reinen Gesang lausche, desto brüchiger wird das Stimmchen, schließlich wird es ganz übertönt von einem vielköpfigen Chor, Männer und Frauen, ein rhythmisches Johlen und Schreien. Nach und nach findet der Lärm eine Sprache. Die Menge ist aufgebracht, tausendfach ertönt ihr Protest. Wütend skandiert der Mob seine Parolen gegen den geplanten Bau des Atomkraftwerks auf Feunteun Aod, beschimpft den Staatspräsidenten und seine Erfüllungsgehilfen als Zerstörer des Naturerbes und Totengräber des Tourismus. Ein sonderbares Stöhnen liegt in diesen grölenden Stimmen, ein Röcheln, ein Hecheln, das übergeht in stoßartiges, lauter werdendes Atmen. Luft, und dann nichts anderes mehr. Wind, der sich in Sekundenschnelle zum

Sturm auswächst, zum Orkan, über die Pointe du Raz fegt und am einzigen Hotel rüttelt, als gäbe es da etwas zu holen. Die Tempète kennt keine Gnade, reißt Schieferplatten aus dem Dach, Holzbalken, dann fliegen die südwärts gerichteten Lukarnen davon. Die sieben Gäste stürzen in ihren Schlafanzügen aus den Zimmern, hinunter in die Küche. Marie Le Coz, die Besitzerin des *Iroise*, setzt Wasser auf, bietet ihnen Tee an und wartet, wie sie warten. Stumm. Bis der Orkan vorbei ist. Draußen treibt die Gischt, die über die fünfzig Meter hohen Klippen hinaufspritzt, in Schwaden vorbei. Es ist Nacht geworden am späten Nachmittag. Die Peitschen aus Wind und Wasser schlagen gegen die Fenster. Der Untergang beginnt hier draußen, am zornigen Kopf der Welt.

Die Szene trübt ein, die Bilder verschwimmen, verlieren sich, schmieriges Grau. Ich spüre die Verwirbelungen im Hirn. Während ich die Ellbogen auf den schrundigen Tisch aufstütze, versuche ich die Bank unter mir wegzuschieben. Es ist kühl geworden, das Feuer im Kamin ist längst aus. Max erzählt noch immer, wiegt sich in der Hängematte hin und her. Er braucht mich nicht mehr. Ich hebe die Hand zum Abschied, schwanke zur Tür und nehme seine letzten Wörter mit in die Nacht.

Im Chambre d'hôtes spüre ich den hohen Seegang, liege mürbe wie ein alter Schiffsrumpf im Laken. Nach einigen erfolglosen Versuchen gelingt es mir, einen Punkt zu fixieren, der mich ankert. Mein Kopf wirft Erzählfäden aus, sie verlieren sich im dunklen

Zimmer – bis auf einen. Als ich ihn zu fassen kriege, führt er mich ins vorletzte Jahrhundert, zu Pauline, der Frau des Leuchtturmwärters.

Seit einiger Zeit waren Pauline und ihr Mann auf Tévennec stationiert, der kleinen Insel vor der Pointe du Van. Anders als zahllose ihrer Vorgänger, denen die Einsamkeit bald die Sinne geraubt hatte, trotzten sie noch immer den Naturgewalten und straften die vielen Gerüchte über die Leuchtturminsel Lügen. Dass die Arbeiter schon beim Bau des Turms geisterhafte Stimmen gehört hatten, närrisches Gelächter von nie geborgenen Schiffbrüchigen, kümmerte Pauline und ihren Mann nicht. Dass nach einer Reihe von Selbstmorden auf Tévennec ein Exorzist hergebracht worden war, in der Hoffnung, er würde die ruhelosen Toten zum Schweigen bringen, hatten Pauline und ihr Mann schon vor ihrem Amtsantritt gewusst. Von Anfang an hatte insbesondere Paulines Mann nichts zu tun haben wollen mit übersinnlichem Hokuspokus. Als hätte er seiner Überzeugung Nachdruck verschaffen wollen, zerschlug er beim Einzug ins Häuschen das steinerne Kruzifix über dem Eingang in tausend Stücke. Stimmen von unten, Stimmen von oben, es war ihm einerlei. Einen anderen Geist als den des Lambig mochte er im Haus nicht dulden.

In vollkommener Abgeschiedenheit lebten die beiden ein karges Leben, einsam, zufrieden, ein paar Meter über dem Meeresspiegel. Dann starb Paulines Mann. In der Nacht war sein Herz stehengeblieben. Ohne Vorwarnung. Ein gesundes Leuchtturmwärterherz.

Und wenn du aufwachst, Pauline, ihm wie jeden Morgen Kaffee machst und Eier kochst, kommt er nicht zum Frühstück. Das Entsetzen über diesen unangekündigten Tod, Pauline. Wenn es fassbar wird, begreifst du, dass das nicht das Ende ist. Dieser Tod ist nicht das Ende, denn wie sollte dein Mann von der Insel weggebracht werden. Zwei Wochen noch, länger vielleicht, wirst du mit ihm zusammenleben müssen. Als wären achtundzwanzig zufriedene Jahre nicht genug, denkst du. Als gälte es, nach dem jähen Ende der Ehe nachzusitzen, aus welchen Gründen auch immer.

Vorgestern noch haben sie Nachschub gebracht, Lebensmittel vom Festland, Brot, Kondensmilch, den Speck, auf den er sich so gefreut hatte und von dem er dann nur eine einzige Scheibe gegessen hat. Bis zur nächsten Lieferung, bis zur Ankunft des nächsten Bootes wird es nun wieder zwei Wochen dauern, oder auch vier, je nach Seegang.

Du schaust verloren aus dem Fenster des trotzig an den Leuchtturm angebauten Wärterhäuschens. Jenseits des Gartenzauns, der mannshohen Mauer aus verputztem Stein, schlagen die Wellen gegen die Felsen. Was wollt ihr denn, denkst du, ich habe doch nichts, ich habe doch alles gegeben. – Vierzehn Meter über dem Meer steht das Häuschen, das eures war. Jetzt ist der Tod bei dir im Zimmer, und du weißt, er ist gekommen, um zu bleiben.

Am dritten Tag, Pauline, beginnst du dein Werk. Du legst deinen Mann unter Aufbietung all deiner

Kraft in den Waschtrog, trägst den gesamten Salzvorrat herbei. Du ölst den Gefährten ein, der dir über die Jahre zugewachsen war, dich in den kalten Nächten gewärmt hatte. Du schüttest das Salz auf die Haut, reibst es ein in die Hülle, die nichts mehr zusammenhält als Knochen und Fleisch.

Hast du also Recht gehabt, denkst du. Und du erinnerst dich, wie oft er gesagt hat, Tévennec sei die Hölle. Wann immer die Wogen der hohen See den Felsen mitsamt Häuschen und Turm überspülten, sagte er: Tévennec, c'est l'enfer. Du weißt, dass er Recht hatte, doch du hoffst, dass es nicht stimmt. Ein Haus und ein Turm auf einem Haufen Granit im offenen Meer, kein Gräschen, kein Nichts. C'est l'enfer, hat er gesagt, und wenn er es sagte, dann aus Wut und Protest. Nicht gegen Wind und Wetter richtete sich sein Aufbegehren, nicht gegen den Gott, den er von der Fassade geschlagen hatte, sondern gegen das staatliche Tiefbauamt. Ignoranten, sagte er, alles Ignoranten. Sitzen sich in ihren Pariser Büros die Hintern platt und wissen nicht, wo das Meer anfängt und wo es aufhört. Eine Frechheit, Tévennec als Küstenleuchtturm zu klassifizieren. Sechs Meilen von hier bis zur Pointe du Van. Und was sagen die? Küstenleuchtturm! *Phare paradis!* Tévennec steht doch im offenen Meer. Hätten die Pariser Sesselfurzer auch nur einen Funken Verstand, würden sie uns als *Phare enfer* einstufen. Verdammte Idioten! *Phare purgatoire* würde ich ja noch akzeptieren. Aber nein, wir sind nicht einmal Inselleuchtturm! Soll mal einer von diesen Polsterköpfen zu

uns rauskommen. An einem Tag mit halb so viel Wind wie heute. Spätestens oben auf dem Turm, fünfundzwanzig Meter über dem Meeresspiegel, würde ihm ein Licht aufgehen. Ein für alle Mal würde er begreifen, dass das hier kein Paradies ist und kein Purgatorium, sondern die verdammte Hölle.

Du hast ihn reden lassen, Pauline. Du hast Kaffee gemacht, dich zu ihm gesetzt, du hast Kartoffeln geschält oder Socken gestopft.

Manchmal, wenn eine Welle über die Schutzmauer sprang, hinaufwuchs bis zum Turm, wurde es in der Küche dunkel. Dann knallte die Gischt aufs Dach. Es ächzte im feuchten Gebälk, die Tassen und Teller zitterten im Regal, das einzige Bild fiel von der Wand. Du rücktest näher zu deinem Mann, Pauline. Du betetest, dass der Wind nachlasse, das Meer sich beruhige, dass es bald vorbei sein möge. – Und jetzt ist es vorbei. Anders, als du es dir gewünscht hast, aber vorbei ist es doch.

Unter deinen Händen wird dein Mann zu gepökeltem Fleisch. Während du das, was er gewesen ist, herrichtest für den Tag, an dem du ihn zu seinem Begräbnis aufs Festland begleiten wirst, hörst du Stimmen. Es ist das Grummeln und Tuscheln, das Geschrei und Gestöhne, das auch du nie hast hören wollen. Zum ersten Mal hörst du sie jetzt, die Seelen in den felsigen Hohlräumen tief unter dir. Ein Schauer fährt dir ins Herz, und dir ist, als begrüßten die Toten von Tévennec halb jammernd, halb johlend den Neuen im Chor.

Du, nach deiner ersten Jagd im Meer. In Tauchmontur stehst du am Strand von Pors Péron. Das Mundstück des Schnorchels steckt dir noch im Gesicht, hinter dem Brillenglas glänzen deine Augen, sie strahlen. Dazu hast du auch allen Grund gehabt. Aber wie du dastehst. Du warst wohl noch gar nicht richtig an Land, so sieht es zumindest aus. Oder du warst zu sehr damit beschäftigt, dich in den überlangen Taucherflossen auf den Beinen zu halten. Das kleine Beutenetz baumelt an deiner rechten Hand, durch die groben Maschen ist der Dormeur gut zu erkennen. Du hattest ihn unter Anleitung von Max gefangen, aufgegriffen im Schelf, auf felsigem Grund. Deine erste Krabbe.

Max habe ich nicht fotografiert. Er stand neben dir, trug zwei ausgewachsene Vieilles an der Gürtelschnur. Er versprach, den Fang am Abend feierlich zuzubereiten, und er hielt Wort.

Schläfer sollen immer schlafen können, vor und nach dem Tod, sagte er, als er den Dormeur aus dem Tiefkühlfach nahm und in das kochende Wasser legte. Ist doch so, sagte er und hob erwartungsvoll den Blick.

So ist es, sagte ich und nickte dir zu, Véro. Dein Stolz war längst einem Unbehagen gewichen, jeden Handgriff von Max hattest du argwöhnisch beobachtet. Dein Schläfer hat wirklich nichts gespürt, sagte ich, strich dir das Haar aus dem Gesicht. Für einen Augenblick fühlte ich stellvertretend die schmerzhafte Ehrlichkeit von damals, als ich meine erste Seespinne im Kochtopf versenkt hatte.

Wenig später servierte Max das Tier, das Handwerkszeug zum Aufbrechen des Panzers lag bereits auf dem Tisch. Madame, le *cancer pagurus*, sagte Max, klingt ungesund, schmeckt aber lecker. Du lächeltest verkniffen, nahmst unwillkürlich die Hände vom Tisch. Dann griffst du doch zur Zange, entschlossen, deine Beute zu genießen.

Während des Hauptgangs gab es nur ein Thema: der Zwischenfall unmittelbar nach dem Tauchgang. Du hattest das Beutenetz in eine Felsnische gelegt, dich aus dem Neoprenanzug geschält. Die Arme hingen dir von den Schultern, als gehörten sie nicht zu dir. Die Augen wurden leer und weit. Bevor ich begriff, was geschah, lagst du zwischen zwei Felsbrocken im Sand. Einfach umgekippt warst du, wie ein kranker Baum.

Max kam mir zuvor, drehte dich auf den Rücken und brachte die Beine in Hochlage. Deine Lippen waren blau, du zittertest am ganzen Körper. Ich strich dir den Sand aus dem Gesicht, Max redete von Wellentypen, von Unterzuckerung und Kältezittern. Über seinem Exkurs erholte sich dein Kreislauf, du wurdest

ruhig – und schliefst ein. – Blumenmädchenschlaf. Wie oft habe ich dich darum beneidet, Véro. Immer und überall konntest du schlafen. Im Zug, während eines Konzerts, auf dem Sessellift, sogar im Stehen, ein paar Sekunden, ein paar Minuten. Dein Körper gehorchte aufs Wort einem inneren Kommando. Ein Schalter wurde gekippt, und du warst weg; ein Schalter wurde gekippt, und du warst wieder da. Entspann dich einfach, dann klappt das auch bei dir, hast du gesagt. Ich habe es gehofft, und ich habe es versucht, anfangs sogar richtig trainiert. Je krampfhafter ich mich aber bemühte, in einen Zustand der Entspannung hineinzufinden, mich *in den Raum zu verlieren*, wie du es nanntest, desto stärker sammelte sich alles in mir. Die Gedanken kreisten um ein schwarzes Loch, die Muskulatur zog sich zusammen, ich war ein Stück Holz. Ich habe dein Geheimnis nie herausgefunden, einen Entspannungs- und Schlafschalter gibt es bei mir nicht.

Du hingegen bist in Pors Péron nach einer halben Stunde aufgewacht, vollkommen erholt. Als wäre nichts gewesen, ließest du dir die Picknick-Häppchen schmecken, die wir für dich zur Seite gelegt hatten, und untersuchtest die Anatomie deines Dormeurs.

Ich weiß nicht, Véro. Schon hundert Mal habe ich mich gefragt: Nach diesem Zwischenfall, dem Kollaps – hast du dir Gedanken gemacht? Hätten wir uns Gedanken machen müssen?

Ich hatte Glück. Jean Le Bars war da, und er war allein. Wie letztes Mal, vor gut einer Woche, saß er mit dem Rücken zum Fenster. Die Unterarme verschränkt auf dem Tisch, der Kopf vornübergeneigt, die Nasenspitze hing schwer über dem Rand des Weinglases. Als ich eintrat, hob er die rechte Braue und schaute aus dem Augenwinkel zur Tür. Unaufgefordert setzte ich mich zu ihm.

Jean Le Bars wirkte nicht erstaunt über mein Erscheinen in der Buvette, auch schien er sich durch meine Anwesenheit nicht besonders gestört zu fühlen. Er wusste natürlich, dass ich der Freund der Muschelsucherin war, die vor einem Jahr vom Meer weggetragen worden war, ganz gewiss hatte er sich vor der Bootsfahrt bei Max über mich erkundigt.

Ich bestellte Wein und streckte ihm die Hand hin. Toujours dans le coin, sagte er und erwiderte den Gruß. Ich rückte den Stuhl näher zum Tisch. Écoute, Jean, sagte ich und setzte mich aufrecht hin. Weiter kam ich nicht, Jeanne brachte mir den Wein. Ohne mein

Dankeschön zu erwidern, verschwand sie gleich wieder in der winzigen Küche.

Écoute, setzte ich wieder an, und jetzt hob Jean Le Bars den Kopf. Sein Blick war kalt. Etwas Fischiges lag darin. Noch nie hatte mich jemand so angeschaut.

Es gibt da ein paar Dinge, sagte ich, also – ich muss dich etwas fragen. Trauern musst du allein, sagte Jean Le Bars, schaute in mich hinein. Jeder muss allein trauern, hab ich dir doch gesagt. – Jean Le Bars hatte noch nie wirklich mit mir gesprochen, nicht auf Augenhöhe und schon gar nicht über den Unfall oder über meine Trauer. Auf dem Boot hätte er die Gelegenheit dazu gehabt, doch meine Hoffnung war enttäuscht worden. Bedeutete Schweigen in seiner armseligen Sprache *Trauern musst du allein*, dann allerdings hatte er es mir mit aller Deutlichkeit gesagt.

Ich ließ mich von seiner unwirschen Bemerkung nicht beirren, zu viel Überwindung hatte es mich gekostet, überhaupt herzukommen. Darum geht es nicht, sagte ich, die Trauer ist nur das eine. Das Verstehen das andere. Ich will verstehen, deshalb bin ich hier. Erinnerst du dich? Das sagte ich schon damals, als wir mit Edouard hier saßen. Es kommt auf die Reihenfolge an. Getrauert habe ich. Ein Jahr lang. Aber ohne zu verstehen, komme ich nicht weiter.

Jean Le Bars stand auf, hielt vergeblich nach Jeanne Ausschau, nahm die Flasche von der Theke und schenkte sich ein. Seit über vier Wochen sitze

ich nun auf Feunteun Aod, sagte ich. Du kennst den Abriss, den kanzelartigen Felsvorsprung – da sitze ich jeden Tag. Von da oben schaue ich hinaus, hinüber auf Penn ar Sont. Jeden verdammten Tag sitze ich da und denke: Ich hätte sie rausholen können. Wäre ich ihr hinterhergesprungen, nachdem ich sie draußen entdeckt hatte – ich hätte sie gerettet. Verstehst du? Ich war ein guter Schwimmer, ich hätte sie trotz des kaputten Knöchels wieder ans Ufer gebracht; ich hätte sie da rausgeholt, und wäre es nur der leblose Körper gewesen.

Jean Le Bars sah in der Kneipe umher, als suchte er noch immer die Wirtin, nahm einen Schluck und schaute mich wieder an, so kalt wie vorher. Sein Lachen traf mich mitten im Gesicht. Ein trockener Doppellaut, abfällig und feindselig. Jean Le Bars lachte mich aus und hörte nicht auf, in mich hineinzuschauen. Wie lange kommst du nun schon hierher?, sagte er. Und wie oft bist du in diesen Jahren irgendwo runtergeklettert? Max hat dir beigebracht, was man über das Meer wissen muss. Was soll ich dir erzählen, wo du längst alles weißt? Nur ein Idiot würde ohne Neoprenanzug jemandem hinterherspringen. Das Wasser ist sechzehn Grad kalt, vielleicht achtzehn. Drei, vier Minuten, und deine Glieder wären so steif, dass du sie nicht mehr bewegen könntest. Du wärst ein Festessen für all die Tierchen da draußen. Aber was erzähl ich dir. Dein Problem, mein Freund, ist ein ganz anderes. Dein Problem ist der Konjunktiv. Der Konjunktiv ist immer eine Ausrede. Wenn es etwas

gibt, was ich in meinem Leben gelernt habe, dann das: Die Möglichkeitsform ist ein einziger Beschiss. Den Schwanz einziehen, sich verstecken, sich aus der Verantwortung stehlen. Natürlich wäre es klüger gewesen, eine Stunde später auf Muschelsuche zu gehen. Natürlich wäre es besser gewesen, gar nicht erst auf Penn ar Sont runterzusteigen. Natürlich hättest du mit deiner Frau woanders Urlaub machen können. Natürlich würde sie noch leben, wäre Max nicht ausgewandert. Natürlich hättest du dir besser einen anderen Freund ausgesucht. Und es gibt noch tausend andere Konjunktive. Alle sind sie gleich nutzlos. Ich sage dir das, weil du der Freund von Max bist. Und ich sage dir noch etwas: Vergiss das Trauern. Trauer gibt es nicht. Es gibt nur das allmähliche Akzeptieren der Realität. Alles andere ist Geschwätz.

In diesem Moment verlor Jean Le Bars den Blick. Seine schrundigen Hände ballten sich zu Fäusten, die ledrige Haut um die Nase verfärbte sich. Er hatte nichts mehr zu sagen. Merci, Jean, sagte ich, zählte Kleingeld auf den Tisch und stand auf. Ich hatte die Hand schon am Türgriff, als er mir hinterherrief: Deine einzige Zukunft ist die Realität. Nimm sie endlich an!

Als ich draußen stand, vor der Buvette in Pors Théolen, hörte ich, wie eine Faust auf den Tisch schlug. Ich ging die wenigen Schritte bis zur Bucht, die einmal ein Hafen gewesen war, hockte mich hin. Zwischen dem Blau des Meeres und dem des Himmels war ein Strich.

Als ich wieder denken konnte, erhob ich mich, trat einen Kreis in den Sand, füllte ihn spiralig aus mit meinen Tritten, bis er ein riesiger Punkt war. So leer war ich. So voll.

Und so voll bin ich noch immer.

Etwas passiert mit mir. Schon heute früh beim Aufstehen spannte die Haut an den Unterschenkeln und den Ellbogen. Nach dem Duschen fühlte ich mich, als steckte ich in einem zu engen Anzug. Dann begann es zu jucken, und es hörte nicht mehr auf. Ich kratzte mich, aber es gab keine Linderung. Ich kratzte mich tiefer, doch der Reiz saß immer da, wo ich nicht hinreichte.

Fast zwei Wochen bin ich praktisch beschwerdefrei gewesen. An meinem Körper fand sich nicht eine einzige wundgekratzte Stelle. Predigtarbeit und kalkfreies Wasser. Kleine Schritte in eine Zukunft ohne Véro. Ich war auf einem guten Weg. Jetzt rumort es also wieder.

Was soll ich denn noch tun? Schuld und Verantwortung, die Unberechenbarkeit der Natur – habe ich akzeptiert, ja. Verstanden, ja. Ich anerkenne die Macht der Realität, aber sie kotzt mich an. Ist mir das vorzuwerfen? Die Wahrscheinlichkeit, von so einer Welle gefressen zu werden, ist so unglaublich klein, so sehr beinahe null, dass es sie im Grunde nicht

gibt. Eigentlich ist es gar nicht möglich, bei solchen Verhältnissen von einem Felsen gespült zu werden. Aber es geschieht. Und ich soll mir keine Gedanken machen über Wahrscheinlichkeit, Zufall und Schicksal? Nicht wütend sein dürfen? Wieso sollte ich nicht darauf bestehen, dass in dem, was Véro und mir zugestoßen ist, wenigstens so etwas wie Sinn liegt? Und dass dieser Sinn auch zu entschlüsseln ist?

Klar, den Konjunktiv gibt es nicht. Das weiß ich längst. Das Leben geht nicht in Revision, Monsieur Le Bars. *Zurück zum Start* gibt es nur im Spiel. Aber ich bin einfach noch nicht so weit. Ich bin noch nicht so weit, die Realität als meine eigene zu begreifen, emotionslos und fraglos. Das ist das Problem. Ich habe das Verdikt akzeptiert, aber ich finde es beschissen.

Aber, aber – ja, *aber*! Und es rumort wieder. Wenn es nicht bald wieder aufhört, werde ich mir die Arme und Beine blutig gekratzt haben, noch bevor ich wieder nach Hause fliege. Lieber Jean Le Bars, noch einmal: Ich akzeptiere den Tod von Véro, und ich würde gerne auch seine Sinnlosigkeit akzeptieren. Ob ich es kann – ich weiß es nicht. Dass ich letztlich keine Wahl habe, ist mir jetzt klar. Dein Verdienst. Will ich je wieder einen klaren Gedanken fassen können, will ich überhaupt wieder etwas zustande bringen in meinem Leben, dann darf ich die Sinnlosigkeit des Todes nicht mit Sinn füllen wollen. Jede Sinnsuche würde mich von mir weg, aus mir herausführen. Ich muss die Sinnlosigkeit akzeptieren und hinter mir lassen. Einen anderen Weg, der mich bei mir selbst

bleiben lässt, gibt es nicht. In mir drin gibt es keinen Sinn. Und einen anderen will ich nicht.

Beschiss, sagt Jean Le Bars. Und er hat Recht. So komisch es klingt: Einzig aus dem heraus, was ich noch bin, kann ich wieder zu mir kommen. Indem ich mich von der Hoffnung auf einen tieferen Sinn von Véros Tod verabschiede, bleibe ich mir selbst. Ein Leben in der Bejahung der Sinnlosigkeit, aber kein sinnloses Leben. Ein ehrliches Leben allemal. Da will ich hin, weil ich keine Wahl habe.

Hiermit also verabschiedet sich der Pfarrer von Feunteun Aod feierlich von jedem Gedanken an die Sinnhaftigkeit eines Geschehens. Stattdessen fügt er sich in die eigene Begrenztheit. Nicht mehr sein wollen als das, was man aus sich selbst heraus sein kann. Vielleicht ist das die Realität, die Jean Le Bars meint. Der Verzicht auf all das, was ich nicht bin. Kein Verstehenwollen, sondern das Nichtverstehenkönnen akzeptieren. Eine kleine Realität, zugegeben. Aber was für eine. Und die einzige lebbare Zukunft, weil sie die Hoffnung mit einschließt.

Gelingt es mir, an den Punkt zu gelangen, wo mir dies alles selbstverständlich sein wird, dann wird sich der Sinn, den ich zu suchen aufgehört habe, von allein gefunden haben. – Ich werde auf einer Holzbank am Waldrand sitzen. Neben mir liegt ein Stapel Prüfungen. Standortfaktoren und wirtschaftliche Nutzung in den zentraleuropäischen Hochalpengebieten. Der Rotstift steckt in einer Ritze der Rückenlehne. Ich schaue über die weite Fläche: Fußballplatz, Umfah-

rungsstraße, Reihenhäuschen, Baumarkt, Großmolkerei. Am Hang gegenüber mäandern Feldwege über die Wiesen. Die Hochstämmer stehen in Blüte, Äpfel, Birnen vielleicht, verstreut bis hinauf zur höchsten Wölbung des Hügelzugs, wo ein Sendemast in den Himmel steht. Ich ziehe das Fotoalbum aus der Tasche, blättere in den leeren Seiten. Dann schließe ich die Augen. Es gibt einen Sinn, Véro, sage ich stimmlos. Ich habe die Sinnlosigkeit vorbehaltlos angenommen und dadurch meine kleine Realität reicher gemacht. Für eine Zukunft ohne dich. – Ja, so wird es sein.

Wenn Max die Wege zu den Skulpturen freihaut, dann hat das immer denselben Grund: Sophie. Seit drei Tagen hatte ich nichts gehört von ihm; als ich heute Nachmittag bei ihm vorbeischaute, war mir alles klar: Sein Bettzeug war über ein starkes Seil zwischen zwei Bäumen gelegt – ein untrügliches Zeichen dafür, dass Max mindestens eine hitzige Nacht hinter sich hatte.

Vor Jahren hat er für die Dienste als Schlachtgehilfe acht Felle von kleinen Ouessant-Schafen erhalten und zu einem wollenen Bettlaken zusammengenäht. Etwas Besseres gibt es nicht, hat er mal gesagt, hält warm und trocken und reinigt sich von selbst an der frischen Luft.

Als ich am Schaffell vorbei auf die Tür zuging, wehte mich ein absonderlicher Geruch an. Die Selbstreinigung des Fells schien noch nicht abgeschlossen zu sein. Es roch nach gebratenem Fisch, Schweiß, Alkohol, und nach einem der schweren Parfüms, die mir innerhalb von Sekunden Kopfschmerzen verursachen. Mi-homme, mi-bête, dachte ich. Und ich dachte: Sophie.

Wenn es hier draußen jemanden gibt, der das Tier in Max liebt, dann ist es Sophie. Vor über zehn Jahren ist sie angetreten, Max in ein bürgerliches Leben zu führen, und ebenso gescheitert wie die Frauen nach ihr. Dennoch kommt sie immer wieder her, alle paar Monate, und bleibt für ein Wochenende, für eine Nacht. Die Besuche scheinen für sie etwas ganz Besonderes zu sein, mehr als ein ausgiebiges Schäferstündchen mit einem halbwilden Liebhaber. Das sei von Anfang an so gewesen, sagt Max. Da sei etwas in ihren Augen, schon wenn sie vor der Tür stehe. Etwas, was er nicht verstehe und nie habe verstehen wollen. Du schaust jemanden an, sagt Max, die Blicke treffen sich, doch das Gegenüber schaut durch dich hindurch. Da wird einem merkwürdig zumute. Irgendwas läuft da, keine Ahnung, von einer Sekunde auf die andere bist du Teil eines mystischen Geschehens. Mit dir selbst hat das freilich nichts zu tun, du wirst nur gebraucht. Du bist das Instrument für irgendwelche rituellen Handlungen. Ihm sei das recht, sagt Max. Solange die rituellen Handlungen Kochen, Essen und Vögeln seien, biete er gern Hand zu Trips in andere Sphären.

Ich war schon fast bei der Tür, als mir mit einem Mal meine erste Begegnung mit Sophie vor Augen stand. Im Sommer vor zwei Jahren erst habe ich sie zu Gesicht bekommen – und all die esoterischen Erzählungen von Max hatten einen Körper. Wie immer war die Tür zu seiner Hütte angelehnt. Ich öffnete sie einen Spaltbreit; es schien niemand da zu sein. Als ich die Tür ganz aufstieß und eintrat, stockte mir für

einen Augenblick der Atem. Sophie stand unter der Dusche, das heißt, sie stand neben der Spüle in einer Plastikwanne. In der Hand hielt sie das eine Ende eines Stücks Gartenschlauch, das andere war über den neu installierten Mischregler gestülpt. Der Wasserstrahl vermochte kaum das Shampoo aus ihrem Haar zu spülen, dickflüssiger Schaum lief über ihren Rücken. Sie war von mir abgewandt, beschäftigt mit dem Schlauch und ihrem Körper. Ich verharrte einen Moment, unfähig, mich von ihr abzuwenden. So viel Frau hatte ich noch nie gesehen. Mir fiel ein, wie Max von den Liebesnächten mit Sophie erzählt hatte. Ihre Ausdauer, ihre Kraft, ihre Leidenschaft. Rückwärts ging ich zur Tür hinaus, setzte mich in den Wagen, den ich am Anfang der Zufahrtsstraße geparkt hatte. Auf direktem Weg fuhr ich ins Chambre d'hôtes und legte mich hin. Da erst spürte ich, wie erleichtert ich war, Max nicht angetroffen zu haben. Und Sophie hatte mich sowieso nicht bemerkt. Was mich hingegen beschäftigte, war die Tatsache, dass ich mir nie ein Bild von Sophie gemacht hatte. All die Jahre hatte mir Max immer wieder von ihr erzählt. Von ihrem Wegzug nach Brest, vom Schuhladenbesitzer, vom schönen Haus am Stadtrand, von den Kindern – und von den Nächten auf seinem Schaffell. Nie hatte ich mir einen Körper zu diesem Menschen gedacht. Und dann stand sie nackt unter der Dusche. Das also war die Frau, die Max verlassen hatte und trotzdem immer wiederkam. Ich konnte nicht anders, als mir vorzustellen, wie sie, die noch fülliger war als ihr Zeremo-

nienmeister, sich erst ins Schaffell und dann auf ihn warf, wie sie ihn sich zurechtlegte, ihre Lust an seinem schweißigen, staubigen Körper abrieb. Das also war Sophie, dachte ich. Und ich war froh, niemandem von meinen Bildern Rechenschaft geben zu müssen. – Auch Max nicht. Ich habe ihm nie von diesem Tag erzählt. Weil es nichts ist, was erzählt werden muss.

Ich stand noch einen Moment bei der Tür, versuchte, die Bilder wieder loszuwerden. – Die beiden waren nicht da. Ich machte noch einen Rundgang auf dem frisch herausgeputzten Skulpturenfriedhof, dann fuhr ich zurück zum Chambre d'hôtes, mit einem leichten Druck im Kopf, aber mit demselben Gefühl der Erleichterung wie damals.

Du hast Lust auf Sonne. Die Kugel liegt in deiner zur Schale geformten Hand wie ein Apfel. Mit weit aufgerissenem Mund beißt du in die feurige Frucht.

Schon zum dritten Mal standen wir auf der Pointe du Van, um einen der berühmten Sonnenuntergänge zu erleben. Bisher waren wir glücklos gewesen, jedes Mal verschwand die Kugel kurz vor dem Eintauchen hinter einem dunstigen Schleier. Diesmal stimmte die Dramaturgie. Alles musste sehr schnell gehen: Ich tippte den Auslöser an, korrigierte deinen Standort mit Zurufen, drückte ab, justierte die Position deiner Hand, drückte wieder. Und dann passte es. Véro, die Apfelesserin. Daran, dass deine Sonne ein Apfel war, gab es keinen Zweifel.

Véro, wie gern hätte ich manchmal in deinen Kopf hineingeschaut. Was hätte ich dafür gegeben, ein kurzes Stück auf deinen abenteuerlichen Hirnwindungen mitzugehen. Getan hätte ich es trotzdem nicht. Ich habe dich vor allem auch als Rätsel geliebt. Das Blumenmädchen. Die Heideprinzessin. Die Apfelesserin.

Wenn ich mir das Foto ansehe, erinnert mich die Sonne allein der Größenverhältnisse wegen bestenfalls an eine Aprikose, eigentlich aber an ein Bonbon. Das habe ich schon damals gesagt. Lutsch das Bonbon, Véro, streck die Zunge raus! Du hattest keine Lust auf Bonbons. Deine Sonne war ein saftiger, reifer Apfel. Goldparmäne, sagtest du. Meine Wahrnehmung gegen deine Lust. Also war es ein Apfel. Auch wenn es keiner war.

Würde ich die Bilder von diesem Urlaub mit dir aufbewahren, ich hängte dieses eine an die Wohnzimmerwand. Trotz des Makels. Von links weht nämlich eine Haarsträhne von Sophie ins Bild. – Noch am Abend zuvor hätte ich mir nicht träumen lassen, ihr zu begegnen. Offenbar aber hatte sie diesmal zwei Nächte mit Max geplant. – So machten wir uns also entgegen der ursprünglichen Abmachung nicht zu dritt, sondern zu viert auf den Sonnenuntergangsspaziergang zur Pointe du Van.

Wir gingen paarweise, Max und ich, du und Sophie. Es hatte sich so ergeben, und mir war das mehr als recht. Mit jemandem unterwegs zu sein, den ich unfreiwillig unter der Dusche überrascht hatte, fühlte sich so ein kleines bisschen weniger befremdlich an. Auf dem Küstenweg nannte Max immer wieder Namen von einzelnen Steinformationen, die aus dem Wasser ragten. Nicht ohne Stolz lieferte er die jeweilige Bedeutung der bretonischen Bezeichnungen gleich mit.

Nach unserer Rückkehr ins Chambre d'hôtes, Véro, versuchten wir uns an die Flurnamen zu erinnern;

mehr als der Moine Couché fiel uns allerdings nicht ein. Aus reinem Übermut dichteten wir dem liegenden Mönch eine ganze Reihe von frivolen Eskapaden an, frotzelten im gleichen Atemzug über Sophie und Max, die bestimmt bereits wieder miteinander zugange waren. Als wir auf Bernard zu sprechen kamen, machten wir keine Scherze mehr. Sophies gehörnter Ehemann saß ja wohl ahnungslos in seinem schönen Haus am Stadtrand von Brest, hatte eben die Kleinen in den Schlaf gesungen und dachte jetzt an seine Frau, die auf dem Cap ihre liebe Familie besuchte.

Erstaunlich, dass ihr auf dem Weg zur Pointe du Van auf Anhieb einen Draht zueinander gefunden habt. Sophie scheint wenig gemein zu haben mit dem Bild, das ich von ihr habe. Du hast dich jedenfalls beeindruckt gezeigt von ihrer Offenheit und von der Konsequenz, mit der sie sich nimmt, was sie zum Leben braucht. Sie mache kein Geheimnis aus der Art ihrer Beziehung zu Max, gleichzeitig schildere sie das Glück ihrer Liebe zu Bernard in hellen Farben. Aus jedem Satz über sie habe ich Respekt herausgehört. Die Familie, erzähltest du, sei ihr das Wichtigste, und das sei keine Floskel. In ihrem Leben gebe es aber noch eine andere Dimension, jenseits des Alltags; in diesem Universum seien die Treffen mit Max so etwas wie ein Fixstern. Natürlich liebt er mich nicht, hatte Sophie gesagt, er hat mich nie geliebt. Ich liebe ihn auch nicht. Aber ich brauche seinen Körper. Nicht für den Sex, darum geht es nicht in dieser Beziehung. Das glaubt mir vielleicht keiner, aber es stimmt. Seine

Erregung ist eine andere als meine, und dasselbe gilt für die Befriedigung. Der Sex, wenn man so will, ist der kleinste gemeinsame Nenner. Das hingegen, worum es wirklich geht, ist schwer in Worte zu fassen. Max – das ist für mich eine Ganzkörpererfahrung. Sinnlichkeit, wie ich sie mir kompletter und ursprünglicher nicht denken kann. Die haarige Haut, das Geräusch, wenn unsere Körper aufeinander klatschen, der Schweiß, sein Atem. Ich schaue ihm zu, wie er sich auszieht, sich hinlegt, wie er wartet, jede meiner Rundungen mustert, bis ich auch so weit bin. Das ist es, das ist die andere Dimension. Es gibt in meinem Leben nichts Ganzheitlicheres als diese Begegnungen. Ich brauche diese zweite Welt, denn es ist die eigentliche. Und vielleicht ist es auch die eigentliche Liebe. Keine Liebe für den Alltag, sondern die Liebe als Möglichkeit. Keine Frage, das Leben findet in der Realität statt. Haus, Ehemann, Kinder. Stimmt. Doch das ist nicht alles. Denkt man nicht immer auch eine andere Dimension mit hinein, zum Beispiel eben eine Sinnlichkeit, wie es sie gar nicht gibt, ist die Realität unerträglich. So ist das mit mir und Max. Das, was es nicht gibt, hole ich mir bei ihm.

Als du deine Nacherzählung beendet hattest, war es einen Moment lang ganz still im Chambre d'hôtes. Dann lachte ich laut heraus. Nicht wegen Sophies Realitätsphilosophie, die durchaus etwas für sich hatte, sondern wegen Max. Ich habe mir die ganze Zeit vorgestellt, wie er auf so ein Verständnis von Realität reagieren würde. Wirklichkeit ist für ihn der Fisch

auf dem Teller. Der Fisch schmeckt, oder er schmeckt nicht. Würde er beim Essen an eine zweite Dimension denken, ihm würde übel. Und dass er beim Sex mit Sophie etwas anderes im Sinn hat als die Befriedigung seiner Lust, ist ebenso undenkbar wie ein Stoßgebet von Jean Le Bars in der aufgewühlten Raz de Sein. – Und so machten wir da weiter, wo wir mit dem Liegenden Mönch aufgehört hatten. Wir schickten den armen Max auf immer neue spirituelle Reisen und ließen ihn ungeahnte Dimensionen entdecken – beim Spalten von Stein, beim Heckenschneiden, beim Schlachten, beim Tauschhandel mit Naturalien.

Es war schon spät, als wir endlich die Fotos des Tages auf den Laptop luden. Mit keiner einzigen meiner Apfelfresser-Aufnahmen warst du zufrieden, löschtest eine nach der andern, bis auf diese eine. Die Haarsträhne von Sophie am linken Bildrand ärgerte dich zwar, aber sie war dir nicht Grund genug, das Bild zu löschen. Seis drum, hast du gesagt, sobald wir wieder zu Hause sind, mache ich die Strähne weg. Photoshop kann das. Und du hast noch etwas gesagt. Einen der Véro-Sätze, die alles so auf den Punkt bringen, dass es schmerzt: Wozu braucht man denn zwei Realitäten zum Leben, wo man doch die eine und einzige jederzeit nachbessern kann.

Seit dem Vormittag ist die Welt verschwunden. Von Norden her ziehen dicht gestaffelt Schwaden von Nebel und Regen durch die Landschaft. Selbst wenn es unter mir ein Meer gäbe – ich könnte es nicht sehen. Ich sehe keinen Himmel und kein Land, sitze in einem windigen Grau. Eine unnötigere Farbe gibt es nicht. Es ist ein Grau, das man gar nicht sieht, und dennoch verstellt es einem die Sicht auf die Welt. Ich weiß nicht, ob es so etwas wie eine Farbe Null gibt; aber sollte es sie geben, es wäre genau dieses nieselige Gespinst. Anders kann ich mir so eine Farbe nicht denken.

Immerhin lehrt mich jeder Tag ohne Blau neu sehen, von null an. Da der Wind heute von Norden kommt, bin ich einigermaßen geschützt auf der Kanzel. Die Feuchtigkeit hockt mir in den Knochen, die Regenjacke aber ist dicht. Auch dieser Tag ein guter Tag also – wäre ich nicht unvermittelt mit etwas konfrontiert worden, was ich eigentlich bewältigt glaubte.

Vorgestern habe ich mir im Unterholz den Anorak aufgerissen. Mein jahrelanger Begleiter hier draußen war nicht mehr zu gebrauchen; weil aber das Wetter

nach dem einen Regentag wieder besser wurde, schob ich es auf, mir Ersatz zu besorgen.

Dass das ein Fehler war, bemerkte ich heute Vormittag. Kaum hatte ich das Chambre d'hôtes verlassen, war die linke Schulterpartie bis auf die Haut durchnässt. Ich kehrte um, ging bei Max vorbei und fragte nach Klebeband. Als er aus dem Atelier zurückkam, schwenkte er einen mit Granitstaub belegten Goretex-Anorak und strahlte. Der sollte passen, sagte er. Ein teures Stück, so gut wie neu. Ist mir jetzt erst wieder eingefallen. Véros Vater hat ihn hier vergessen, als er ihre Sachen abholte und das halbe Cap verrückt machte. Ich hatte ihm den Anorak nachschicken wollen, aber dann war es mir zu blöd. Offensichtlich hat er ihn nie vermisst, sagte Max, klopfte den Anorak aus und streckte ihn mir hin. Er stand da mit dieser Jacke in der Hand und grinste, als hätte er irgendeine Auszeichnung verdient.

Für Augenblicke wusste ich nicht, ob es mich gab oder nicht. Als ich mich wieder spürte, hätte ich Max um ein Haar ins Gesicht geschlagen. Hallo?, sagte er, gibt es ein Problem? Ich packte die Jacke, schmiss sie im Hof auf den Boden und zückte das Taschenmesser. Nachdem ich sie in vier Teile zerlegt hatte, sagte ich: Ob das ein Problem ist, weiß ich nicht, aber es gibt hier Sondermüll, der entsorgt werden müsste. Jetzt erst sah ich Max in die Augen. Sein Blick war derart ratlos, dass ich mich für meine Überreaktion schämte. Entschuldige, sagte ich. Manchmal ist eine Jacke nicht einfach eine Jacke, ist halt so. Verstehe,

sagte er, das hier war mal eine. Er schaute auf die knallgelben Stoffteile. Ja, und das ist gut so, sagte ich. Hast du noch andere Überraschungen auf Lager? Ich kann damit nicht umgehen. Nicht, dass ich wüsste, sagte Max, aber ich hatte ja auch die ganzen Monate nie daran gedacht, dass da noch eine Jacke hing. Eingefallen ist es mir erst, als du nach Klebeband gefragt hast. Sie hätte gepasst. Sie war neu. C'est tout, sagte er.

Ich besorg mir eine im Dorf, sagte ich. Aber vielleicht liegt noch irgendwo ein Muscadet bei dir; das könnte uns beiden guttun. Damit war das Thema durch, wenigstens, was Max betraf. Und nachdem wir ein paar Gläser Wein getrunken hatten, kaufte ich mir im Dorf einen neuen Anorak. – Dicht ist er, und windfest. Nur eben: Dass nun auch noch Véros verstaubter, knallgelber Vater als Sondermüll aufgetaucht ist, das war nicht geplant gewesen.

Wir hatten uns von Anfang an nicht gemocht. Ein Versicherungsfritz, der sich vom Lehrling bis zum Agenturleiter hochgearbeitet hatte und dank eines Erbes reich geworden war. Ein engstirniger, kleingeistiger Pedant. Er hatte es seiner Tochter nicht verziehen, dass sie sich von ihrem zweiten Mann, einem Broker, hatte scheiden lassen. Doch dann kam es für ihn noch schlimmer. Véro war tatsächlich so dumm, sich nicht nur richtig zu verlieben, sondern auch noch in den Falschen. Für ihn war ich eine Null gewesen, als Geografielehrer der Inbegriff von lächerlicher Biederkeit. Ausgerechnet.

Véros Beziehung zu ihrem Vater war immer eine zwiespältige gewesen. Nach dem Krebstod seiner Frau aber nahm die Vereinnahmung der einzigen Tochter krankhafte Züge an. Zu jeder Tages- und Nachtzeit rief er an, tauchte unangemeldet auf, mischte sich in ihre finanziellen Angelegenheiten. Véro sah keine andere Möglichkeit, als ihre Selbstbestimmung mit dem letzten aller Mittel zu wahren – und den Kontakt zum Vater abzubrechen. Entsprechend bin ich ihm nicht mehr als zwei-, dreimal begegnet, und ich bin froh, dass es damit sein Bewenden hatte.

Was sich allerdings nach Véros Tod abgespielt hat, wäre Stoff für einen Kinofilm. In den Hauptrollen: Dana und ihr Großvater. Véros Tochter hatte seit Kurzem wieder einen Partner, mit dem sie zusammenwohnte und der angeblich auch für ihr Kind sorgen wollte. Nach meiner Rückreise geschah, worauf ich mich im Grunde vorbereitet hatte. Nur geschah es anders, als ich es erwartet hatte. Nicht Véros Vater wollte mit mir abrechnen, sondern Dana. Sie schrieb mir E-Mails, jeden Tag, manchmal eine, manchmal mehrere. Sie beschimpfte mich und klagte an. Jeden Tag verfluchte sie mich. Für sie war der Tod ihrer Mutter weder Schicksal noch Zufall, sondern einzig und allein mein Verschulden.

Anfangs hatte ich auf die Tiraden geantwortet, weil ich mich auf merkwürdige Weise mit Dana verbunden fühlte. Ich erklärte ihr, was wirklich geschehen war auf Penn ar Sont, argumentierte sachlich, versuchte, das Entsetzen und die Verzweiflung mit ihr

wenigstens schriftlich zu teilen. Nach ein paar Antworten war gesagt, was zu sagen gewesen war. Es war ihr nicht genug, oder besser: Es war nicht, was sie hatte hören wollen. Noch während Wochen füllte sie mit den immer gleichen Anwürfen meinen elektronischen Posteingang. Antworten wollte sie längst keine mehr. Und das Eingeständnis meiner Schuld konnte ich nicht liefern.

Ich habe ihr das blindwütige Umsichschlagen nie übel genommen. Sie war Véros Tochter, und sie führte ein Leben auf schmalem Grat. Von einem Moment auf den andern fehlte ihr nun auch noch die Mutter, nicht für Tage oder Wochen, sondern für immer. Die Verletzungen, die sie mir zufügte, auszuhalten, das war das Mindeste, was ich für sie tun konnte. Und das Einzige. An den eigentlichen Schmerz reichten ihre E-Mails ohnehin nicht heran.

Hätte ich Dana etwas übelnehmen können, dann die Tatsache, dass sie sich in ihrer Verzweiflung vom Großvater manipulieren ließ, wo sie doch ebenso mit ihm gebrochen hatte wie ihre Mutter. Gemeinsam reisten sie aufs Cap, Véros Vater und Véros Tochter, um den Koffer bei Max abzuholen. Gemeinsam verschwanden sie wieder, um sich in Douarnenez in einem guten Hotel einzuquartieren. Von da aus terrorisierte der Alte sämtliche Behörden, die irgendetwas mit Seenotrettung zu tun hatten. Er hatte keine Ahnung von den örtlichen Gegebenheiten, und er fand es nicht nötig, sich damit zu beschäftigen. Max hatte angeboten, ihn zu unterstützen, doch für den

feinen Herrn war er als Gesprächspartner inakzeptabel.

Der Alte war gekommen, um nach Hause zu bringen, was von seiner Tochter übrig war. Solange das Wetter hielt, rückten täglich Boote aus, um nach Véro zu suchen. Als ihm beschieden wurde, die Suche werde eingestellt, kaufte er sich die Dienste einer privaten, in Brest ansässigen Firma, von der er die sofortige Bergung der Leiche verlangte, koste es, was es wolle. Es war nicht die Unvernunft des verzweifelten Vaters, die ihn antrieb, sondern die Überheblichkeit von einem, der sich gewohnt war, zu bekommen, was er haben wollte. Und er wollte Véros leblosen Körper. Anständig begraben wollte er ihn, den Schmerz und die Trauer über sein verirrtes Kind an einem Ort festmachen. Neben seiner Frau sollte Véro liegen. Véro mit Mädchenname. Den Grabstein hatte er bereits in Auftrag gegeben.

Nach zwei Wochen sah er endlich ein, dass Véros Grab für immer leer bleiben würde, und reiste mit Dana zurück. Fortan kümmerte er sich um die Strafklage, die er wenig später gegen mich einreichte.

Mir ist bis heute nicht klar, wer ihn schließlich vor sich selbst geschützt und dazu bewogen hat, die Klage im letzten Moment zurückzuziehen. Manchmal wünsche ich mir, es sei Dana gewesen. Erfahren werde ich es wohl nie; ich weiß ja nicht einmal, wo sie zurzeit lebt. Dennoch: Es ist ein heller und leichter Gedanke, erst recht an einem Tag mit der Farbe Null, dass der Rückzieher des Alten nicht nur juris-

tische Gründe hatte. Abstrus genug war die Klage ja, zumal mir seine Anwälte nicht nur eine Mitschuld an Véros Tod anlasteten, sondern noch dazu eine betrügerische Absicht unterstellten. Seit den ersten Wochen unserer Beziehung hatte der Alte nämlich im Wahn gelebt, dereinst einen Teil seines Vermögens an einen Erbschleicher zu verlieren, der seine Tage in übel riechenden Schulzimmern fristete.

Von seinem Tod, ein halbes Jahr nach dem Unfall, erfuhr ich aus der Zeitung. Eine amtliche Todesanzeige. Genugtuung verspürte ich keine, nicht einmal Erleichterung. Ich war unfähig, etwas zu empfinden. Véros Vater war gestorben, gut. Eine Information wie jede andere. Indoor-Kletterpark eröffnet, Jugendarbeitslosigkeit gegenüber dem Vorjahr leicht gestiegen, Drama am Mount Everest.

Eines allerdings trage ich dem Alten noch heute nach: Er hat mir die ersten Monate der Trauer gestohlen. Der drohende Prozess forderte mich so sehr, dass ich unfähig war, auch noch um Véro zu trauern. Das ist es, was im Rückblick am schwersten wiegt. Man funktioniert, man kämpft mit dem Alltag, der keiner mehr ist, und die Wunde frisst sich ein. Das Schmerzloch bemerkt man erst dann, wenn man längst begonnen hat, sich darin aufzulösen. Wenn man nicht trauern kann. Wie soll so etwas zu überwinden sein?

Ich werde es wissen, schon sehr bald. Denn es ist zu überwinden. Auch das.

Eigentlich hatten wir Edouard einen Besuch abstatten wollen. Der Wolkenmaler hatte Max und mich zum Essen eingeladen, wollte uns die Arbeiten zeigen, die er für eine kleine Ausstellung in Pont-Croix zusammengestellt hatte. Eine knappe Stunde vor der verabredeten Uhrzeit – ich war bereits bei Max, der angeboten hatte, im alten Ford hinzufahren – rief Edouard an. Sein Hund sei gestorben. Zu essen gebe es nichts. Vielleicht aber könnten wir ja – er wäre froh, wenn wir schaufeln würden.

Ich erinnerte mich an das reglose Knäuel, das für mich immer mehr Fell als Lebewesen gewesen war. Nun hatte es also beschlossen, sein Hundeleben hinter sich zu lassen. Uns war klar, dass Edouard das Tier unmöglich allein begraben konnte. Nur schon der Gang zur Toilette war für ihn ein Abenteuer mit unbestimmtem Ausgang, wie sollte er da im Garten eine Grube ausheben.

Ausgerüstet mit Schaufel, Hacke und Spaten machten wir uns an die Arbeit, gruben tief ins harte Erdreich. Binnen einer Stunde war die Angelegenheit

erledigt; da erst spürten wir, wie viel Edouard dieses Grab bedeutete. Mit einer Träne in den Augen erzählte er, dass es ein Herzenswunsch von ihm gewesen sei, dem treuen Gefährten auf diese Weise ein würdiges Andenken zu bewahren. Zu nichts weniger hatten wir beigetragen. Und wir waren noch nicht ganz fertig. Zum Abschluss der feierlichen Grablegung von Thierry bepflanzten wir den Erdhaufen mit ein paar Stauden Erika. Max holte ein längliches Stück Granit aus dem Wagen, rammte es in die Erde. Abgespalten vom Stein, der im Moment in meinem Atelier steht, sagte Max. Es heißt *Die Welle*. Ich komme nächste Woche vorbei, um Thierrys Namen zu gravieren; dann wird der Stein für immer hierher gehören.

Edouard, der Riesenbrocken, weinte wie ein Kind. Kunst, sagte er, von der Natur selbst gemacht. Ein Stück Welle, das ist so wunderbar und so treffend. Denn alles ist im Fluss, nicht wahr, und wer weiß schon, wohin es uns selbst treibt. Max tat einen Schritt auf ihn zu, versuchte ihn zu umarmen. Ja, sagte er, nicht wahr.

Wir tranken noch einen Wein, versprachen, bei der Vernissage vorbeizuschauen. In der folgenden Nacht konnte ich keinen Schlaf finden. Ich wälzte mich im Bett, versuchte mich zu entspannen, mich *in den Raum zu verlieren*, wie es Véro getan hatte. Doch das Selbstheilungsprogramm kam auch diesmal nicht in Gang.

Um drei fiel mir der Bergsteiger ein, der seinen Sohn an den Gletscher verloren hatte. Bei bestem Bergwetter war der junge Mann zusammen mit einem

Freund aufgebrochen, einen Dreitausender in den Alpen zu besteigen. Problemlos erreichten die beiden erfahrenen und gut ausgerüsteten Alpinisten den Gipfel. Beim Abstieg jedoch schlug das Wetter um, heftiger Wind kam auf, die beiden wurden von einer Bö erwischt. Vermutlich verlor der eine den Halt, rutschte in der eisigen Wand aus und riss den Freund am Seil mit in die Tiefe. Siebenhundert Meter.

Sobald das Wetter Suchflüge erlaubte, wurde die Bergrettung losgeschickt. Trotz prekärer Wetterverhältnisse wurden zahlreiche Einsätze über dem Absturzgebiet geflogen. Als dann aber auch noch Schnee fiel, wurde die Suche nach den beiden Vermissten eingestellt.

Nur einer gab nicht auf. Im Sommer, nach der Schneeschmelze, stieg der Vater des jungen Mannes auf den Berg. Ihm war natürlich klar, dass sein Sohn nicht mehr lebte. Andererseits: Solange es keine Leiche gab, fehlte die letzte Gewissheit. Der Mann, selbst Alpinist, wollte diesen Zweifel, der im Grunde gar keiner war, ausräumen. Er wollte wissen. Und er wollte den Körper. Fleisch und Blut, das in gewisser Weise ja auch sein eigenes war. Zu Grabe tragen wollte er die sterblichen Überreste seines Sohnes, um Abschied nehmen zu können. Einmal und für immer.

Er ließ sich vom ersten Misserfolg nicht entmutigen, stieg wieder hinauf. Jeden Sommer stieg er auf den Berg, so oft die Bedingungen es zuließen. Jedes Jahr suchte er am Fuß der Wand nach seinem Kind oder nach dem, was davon übrig war. Einmal fand er

ein Büschel Haar, ein anderes Mal den Rucksack, ein Stück Anorak. Dreiundzwanzig Jahre lang gab es für den Vater nur diesen Berg. Dann fand er einen Körper. Der Gletscher hatte den Freund seines Sohnes ausgespuckt. Der Sohn selbst blieb verschollen, und der Vater stieg weiter auf den Berg, den folgenden Sommer und den nächstfolgenden. Einhundertsiebenunddreißig Mal derselbe Aufstieg und derselbe Abstieg.

Dann bekam er, worauf er so lange gewartet hatte. Das, wovor er sich gefürchtet hatte wie vor nichts anderem. Die Gewissheit, dass sein Sohn nicht mehr lebte. Es war dem Vater nicht vergönnt gewesen, die Leiche selbst zu finden; ein Bergwanderer hatte sie entdeckt. Der Gletscher hatte sie auf seinem langsamen Rückzug ein Stück mitgeschleppt, bergwärts, und dann freigegeben. Die sterblichen Überreste wurden ins gerichtsmedizinische Institut gebracht, und dem Mann wurde amtlich bescheinigt, Vater eines am Berg tödlich verunglückten Sohnes zu sein.

Zwei Tage vor meiner Abreise fällt mir so etwas ein. Nachts um drei. Einer, der gegen die Wahrscheinlichkeit anklettert bis zur veramteten Gewissheit. Und immer weiter auf den Berg steigt. Noch heute sucht er jeden Sommer die Fundstelle auf, um einen Strauß Blumen in den Schnee zu stecken.

Im stockdunklen Hof schrie eine rollige Katze. Ich tastete nach dem angeschnittenen Baguette, warf es durchs offene Zimmerfenster, zog mir die Decke unters Kinn. So ging also Abschied. So ginge das. – Wenn einem aber so ein Gletscher fehlte und das Grab?

Véro hätte gelacht. Ich war sicher, sie hätte gelacht. Nicht, weil sie die Überlegung lustig gefunden hätte, sondern weil sich die Frage gar nicht stellte. Der Konjunktiv. Die Realität. Echter Abschied kam ohne Gletscher und Grabstätte aus. Echter Abschied ließ alle Fragen und alle Antworten hinter sich, schloss die Realität der Leerstelle ganz selbstverständlich ein. Nachts um drei, zwei Tage vor meiner Rückreise. Und ich spürte, dass ich da hinkommen würde. Nicht nur mit dem Kopf. Mein Abschied würde einer sein, der nur Abschied war, nichts sonst.

Kurz bevor ich dann endlich einschlafen konnte, fiel mir wieder das Wort *Krabbenfutter* ein. Es fühlte sich anders an als bisher, nicht mehr so grell, nicht mehr so laut. Etwas von seiner Absolutheit, seiner Unversöhnlichkeit war abgefallen. Zum ersten Mal, seit ich Pfarrer war auf der Kanzel von Feunteun Aod, hatte ich das untrügliche Gefühl, dass mit dieser Leerstelle, mit der reinen Trostlosigkeit tatsächlich umzugehen war. Dann kam mir der Gedanke, dass Véro das Wort mögen würde.

Ja, es ist ein Wort, das Véro mag. *Krabbenfutter*. Ein Wort ohne Schnee und Eis.

Du, auf dem Kamm einer Brandungswelle in der Baie des Trépassés. Das starke Zoom hat die Aufnahme unscharf gemacht, doch das bisschen, das von dir zu sehen ist, ist deutlich genug zu erkennen. Die zum wolkenlosen Himmel gereckten Arme. Dein Kopf, der zum Strand schaut. Du machst ein Gesicht, als sei dir der Gischtkragen zu eng. Dabei lachst du, dein Mund ist leicht geöffnet, sogar die Lachfalte in der einen Wange ist zu erahnen.

Linkslacherin. Du und die Wörter, Véro. In allen möglichen Situationen hast du welche erfunden, Vérowörter, und stets bekamen sie die Bedeutung, die deine Laune ihnen zusprach. *Wolkentorte, esthern, abhansen, Wackelorgasmus. – Linkslachen.* Und die rechte Wange?, habe ich dich einmal gefragt. Was macht die rechte Wange beim Lachen? Die ist etwas linkisch, hast du gesagt, sie freut sich mit, so gut sie kann.

Es ist eine stattliche Welle, die dich trägt und heranspült; Sekunden später wird sie dich als lebendes Strandgut absetzen im knöcheltiefen Wasser. Vérogut. Im Hintergrund Wellenreiter in Neoprenanzü-

gen, bunte Bojen bis weit hinaus. Die Reiter sitzen auf ihren kurzen Brettern, paddeln gegen die steigende Flut an, warten auf die günstige Gelegenheit aufzustehen, von einem buckligen Rücken bis zum Strand getragen zu werden. Gegen den Vordergrund verliert sich die Brandung, läuft aus im Sand.

Das letzte Foto, Véro. Dein liebster Ort auf dem Cap. Eine flache Bucht am Ende eines üppig bewachsenen Tals, durch das ein Bächlein fließt. Links gesäumt vom Felsfinger der Pointe du Raz, rechts erheben sich in Braun- und Schwarztönen die ersten Formationen der Pointe du Van.

Im Relais de la Pointe du Van, erhaben über der Bucht, haben wir Moules mit Pommes frites gegessen und zum ersten Mal auf einen Sonnenuntergang gehofft. Wir saßen an der langen Fensterfront des Speisesaals. In unserem Rücken Dutzende von Touristen. Engländer, Franzosen, Holländer. Kinder, die niemandem zu gehören schienen, krabbelten kreuz und quer über den alten Riemenboden. Vor uns das offene Abendmeer, in einer Entfernung von fünf, sechs Meilen lag Tévennec im orangeblauen Licht.

Ich erzählte dir die Geschichte von der Frau des Leuchtturmwärters, und ich erzählte von der mühevollen Errichtung des Leuchtturms vor der Pointe du Raz. Wir konnten sie sehen, la Vieille. Auf der linken Seite der Bucht zeigte der borstig bewachsene Finger auf die Alte, die eisern in der schäumenden Raz de Sein stand. Ein idyllischer Anblick aus sicherer Distanz. Du wolltest unbedingt näher ran, ganz vorne

auf der Pointe du Raz würdest du gern stehen, sagtest du, auf dem letzten der abgebrochenen Felsbrocken. Von da aus in den Kochtopf gucken. Darüber hinweg und hinaus bis zur Île de Sein, bis nach Amerika. Ausslichtern, sagtest du. Und du schautest mich an wie immer, wenn du es darauf anlegtest, dass ich dir nicht würde widerstehen können. Ein Sonnenuntergang am Ende der Welt, ausslichtern, sagtest du noch einmal, kniffst die Äuglein zusammen. Nur wir zwei, Aussicht und Licht, stell dir vor.

Dann habe ich dir meine allererste Klippentour an den Bug der Welt geschildert. Wie ich vor fünfzehn Jahren hinter Max her keuchte, bei heiklen Passagen krampfhaft versuchte, nicht an die senkrecht abfallenden Felsen zu denken, das beängstigende Tosen, Donnern und Grollen unter mir nicht in mein Bewusstsein zu lassen. Der Westwind rupfte an unseren Anoraks, Gischtspritzer brannten im Gesicht. Selbst auf absteigendem Terrain kamen wir nur mit Mühe voran, legten uns gegen den Wind und schafften es doch kaum, einen Fuß vor den andern zu setzen. Nachdem wir endlich über den letzten Brocken geklettert waren, hockten wir uns zuvorderst auf der granitenen Fingerkuppe hin. Da, wo die Welt ins Meer stürzt. Sprechen war kaum möglich, zu stark war der Wind. Aber der Blick war unverstellt. Die aufgerührte Strömung lag direkt vor uns, mitten drin die Alte, und die Île de Sein schien zu schweben auf dem letzten Rest Wasser. Über unseren Köpfen trieben Möwen vorbei, krächzten unverständliches Zeug.

Du warst still geworden während meiner Schilderungen. Dein Blick ging zum Fenster hinaus, schwebte über dem Horizont, der sich nach und nach ein dunkles Dunstband zulegte. Ich hätte dir den Sonnenuntergang ausmalen sollen, das wäre unverfänglicher gewesen. Stattdessen redete ich weiter, erzählte von den scheinbar ungefährlichen Graspassagen, wo schon so viele in einem Moment der Unachtsamkeit ausgerutscht waren. Ich sprach von der Tücke der gischtfeuchten Flechten, von der Baie des Trépassés, deren Anblick auf dem Rückweg nicht auszuweichen war. Da kriechst und kletterst du in die Welt zurück, der Wind sitzt dir im Nacken, sagte ich, und immer wieder sticht dir der helle, fast weiße Sand dieser Bucht in die Augen. Du denkst an die Schiffbrüchigen, all die Opfer der Raz de Sein, die von der starken Brandung und dem Westwind in diese Bucht gespült wurden. Eine Bucht der Seelen in Not, sagte ich. Schon die Kelten verschifften von hier aus die toten Fischer auf die Île de Sein, wo sie Ruhe finden sollten. Dennoch ist die Baie des Trépassés jedes Jahr in der Weihnachtsnacht von Jammern und Wehklagen erfüllt. Seelen in Not finden nicht leicht Ruhe, schon gar nicht für immer, sagte ich.

Du klapptest eine leere Muschel auf und zu, nipptest am Glas, schautest in die Bucht hinunter. Die Wellenreiter und Badegäste waren abgezogen, ein junges Pärchen trat ein riesiges Herz in den feuchten Sand. Okay, sagtest du, ich denke, wir lassen das mit der Klettertour.

Du hast tatsächlich deine Meinung geändert, Véro. Wegen einer simplen Erzählung. Vielleicht täusche ich mich, aber – nein, ich täusche mich nicht: Du hast eine Muschel auf- und zugeklappt und zum ersten und einzigen Mal deine Meinung geändert.

Dass die Kletterpartie an die Spitze der Pointe nicht wirklich gefährlich war, wusstest du selbst. Etwas Mut brauchte es, ja, Vorsicht, gesunden Menschenverstand, kein Problem. Jede deiner Wanderungen im Gebirge war risikoreicher, aber es war zwecklos, dich umstimmen zu wollen; dein plötzliches Unbehagen war nicht in der Sache begründet. Also war deine Entscheidung zu akzeptieren. Ich hätte gern mit dir ausslichtert, ganz vorne auf der Pointe. Wir hätten ein schönes Bild abgegeben am Anfang und am Ende der Welt. Aber du hattest die Serviette bereits zusammengefaltet, die Sonne war hinter dem dunkelblauen Band ins Meer getaucht, der Speisesaal hatte sich geleert.

Alles halb so wild, sagte ich, und allein der Vollständigkeit halber ergänzte ich, dass die Bucht ihren traurigen Namen nur einer falschen Übersetzung zu verdanken hat. Aus Bae An Aon hätten die legendenversessenen Bretonen Bae an Anaon gemacht; so sei aus der Bucht des Bächleins die Bucht der Dahingeschiedenen geworden. Es war ein nutzloser Nachtrag gewesen; ich hatte von Anfang an alles falsch angepackt.

Statt auf Klettertour sind wir tags darauf Muscheln pflücken gegangen. Nicht bis ans Ende der Welt gin-

gen wir, nur mal eben runter auf Penn ar Sont. Was man lässt, Véro, und was nicht. Fragen habe ich dazu keine. Ich stelle sie nicht mehr. Es gibt keinen Konjunktiv, das Leben geht nicht in Revision. Dies ist das Urteil, da sind die Konsequenzen. So kann man leben. Ich werde gut so leben.

Zum letzten Mal habe ich heute einen Stein auf den Haufen gelegt. Fünfunddreißig Steine. Eine Pyramide, ich werde sie stehen lassen. Der erste Herbststurm wird sie von der Kanzel fegen, und vom Pfarrer auf Feunteun Aod wird nichts übrig bleiben. Keine Fragen, keine Antworten. Zum letzten Mal habe ich heute gekochte Langoustines gekauft, ein Baguette, einen Muscadet. Die Möwen haben ein üppiges Mahl genossen, noch immer sitzen sie unten auf den Felsen und warten, dass die Reste eines weiteren Krebschens vom Himmel fallen.

Eines habe ich noch, für dieses letzte Foto von dir. Ich zerreiße das Bild in kleinste Teile, wie ich es mit allen anderen Bildern getan habe. Dann trenne ich den gepanzerten Körper des Tiers in zwei Hälften, stecke die Schnipsel von hinten in den Kopf und werfe alles zusammen über den Rand der Kanzel. – Du, mit schaumiger Halskrause. Du, auf der großen Welle, die dich heranträgt. Vérogut, linkslachend. Was für ein Bild.

Etwas weniger ungemütlich habe ich mir meine erste und einzige Nacht auf der Kanzel schon vorgestellt. Sterne vielleicht, blitzende Lichter von Hochseeschiffen, mindestens einen halben Mond. Stattdessen kaum mehr als 10 Grad, Nebel. Seit dem frühen Morgen regnet es fast ohne Unterbruch. Farbe Null. Und jetzt ist es hier oben so dunkel, dass ich nicht einmal die Hand vor dem Gesicht sehe.

Ich habe mich ganz hinten auf die Granitplatte gehockt, wo der Regen kaum hinkommt. Die Beine angewinkelt, die Arme auf die Knie gestützt, stiere ich in die Dunkelheit hinaus, die keinen Anfang und kein Ende hat. Im Chambre d'hôtes steht noch eine halbe Flasche Lambig; ich werde sie da stehen lassen. Meine Kanzelnacht will ich halbwegs nüchtern überstehen, gebechert habe ich den Abend über schon genug.

Edouard hatte ein paar Flaschen Muscadet bereitgestellt. Max betätigte sich als Mundschenk, füllte großzügig nach, wenn es nötig war, und nötig war es eigentlich immer. Die leeren Flaschen stellte er eine nach der andern auf die Gartenmauer, wo sie das stim-

mige Dekor für den Abend bildeten. Das Nachtessen bei Edouard war seine Idee gewesen. Edouard würde etwas Gesellschaft guttun, hatte Max gesagt, seine Beine trügen ihn ja kaum noch zum Klo, und seit dem Tod von Thierry habe er das letzte bisschen Lebensmut verloren, kümmere sich nicht um den Haushalt und vernachlässige sich selbst; einzig das Hundegrab pflege er sorgfältig.

Am späten Nachmittag fuhren wir hin, Jean Le Bars, Max und ich. Wir brachten den Haushalt in Ordnung, machten die Wäsche, richteten die kleine Küche her. Für das Nachtessen hatte Max gesorgt, Entenbrust, gekauft bei einem befreundeten Bauern. Jean Le Bars versuchte sich als Bratmeister und schlug sich dabei ausgezeichnet; die Brüstchen waren auf den Punkt gegart. An Gemüse oder Salat hatte keiner gedacht, doch Jean Le Bars zauberte zwei Baguettes aus der mitgebrachten Tüte, und damit waren alle zufrieden. Das Wichtigste sei ohnehin, dass das gebratene Federtier so bald wie möglich wieder schwimmen könne, sagte Max. Entgegen der landläufigen Meinung nämlich sei es Enten im Muscadet-Bad noch immer am wohlsten; dies habe ein Geflügelinstitut in Brest neulich nachgewiesen. Jean Le Bars zog eine Braue hoch, schmunzelte.

Er hielt sich den ganzen Abend über auffällig zurück, kümmerte sich geradezu rührend um Edouard. Er offenbarte dabei eine Fürsorglichkeit, die ich ihm nicht zugetraut hätte. Die Härte und Unerbittlichkeit, die er bisher in meiner Gegenwart gezeigt

hatte, waren fast ganz verschwunden. Er entwickelte Ideen für eine geregelte Betreuung Edouards, bot an, einmal pro Woche zu kochen, ihn zu Arztterminen zu fahren, neue Farbe oder Leinwand zu besorgen. Am meisten aber beschäftigte ihn der Zustand von Edouards Parterrewohnung. Wegen der unzulänglichen Isolation hatte sich eine schimmlige Feuchtigkeit eingenistet, die Edouards Atembeschwerden noch verstärkte. So geht das nicht, lieber Künstler, sagte er. Jetzt, wo Thierry nicht mehr da ist, wirst du noch seltener vor die Tür gehen, und irgendwann bricht der Polstersessel unter dir zusammen. In diesem Loch hier gehst du kaputt.

Jean Le Bars stand auf, holte seine Tüte und zog einen zerknitterten Umschlag heraus. Nächsten Monat kannst du einziehen, sagte er zu Edouard, legte den Umschlag auf den Tisch und schlug mit der Faust darauf. Zwei Zimmer, neue Küche, neues Bad. Du weißt ja, Pierrick in Kerguidy, vor kurzem ist sein Sohn aus der Einliegerwohnung ausgezogen. Du wirst nicht mehr Miete bezahlen als hier, aber die Luftveränderung wird dir guttun. Und dann bringen wir dich wieder auf Vordermann. Zwei Monate Kerguidy – und du wirst die paar Gehminuten zu Max problemlos schaffen. Edouard hob den Kopf, versuchte einen Blick, schnappte nach Luft. Oder die halbe Stunde bis zu Jean, sagte Max. Wir brauchen dich noch, altes Schlachtross. Wer sonst sollte das Cap mit Wolkenbildern versorgen? Jean Le Bars nahm den provisorischen Mietvertrag aus dem Umschlag, drückte ihn

Edouard in die Hand. Überleg es dir, sagte er, steht alles hier drauf.

À nos femmes, à nos chevaux et à ceux qui les montent, sagte Max und schwenkte das Schnapsglas. Edouard prostete in die Runde und nahm einen großen Schluck, um sich gleich nachschenken zu lassen. Er schien froh zu sein, dass es nun etwas zu tun gab. Und es gab viel zu tun. Die drei ungleichen Brocken überboten sich mit Geschichten und Anekdoten, sie setzten Naturgesetze außer Kraft, schafften die Weltordnung ab, erfanden Satz für Satz eine neue, bis sie ihnen passte. Ich war Teil einer wahrhaft merkwürdigen Männerrunde, und es fühlte sich gut an. Ich gehörte nicht zu ihnen, aber weder Edouard noch Jean Le Bars ließen es mich spüren. Edouard war rührselig wie immer, der Fischer begegnete mir unverbindlich, ungezwungen, und das war in Ordnung so. Zwischen uns war alles gesagt.

Beim Abschied schaute mir Jean Le Bars prüfend in die Augen. Jedenfalls kam es mir vor, als wollte er sich versichern, dass er den Lehrer, dem er mehr als eine Lektion erteilt hatte, guten Gewissens ziehen lassen konnte. Ich erwiderte seinen Blick mit einem unmerklichen Nicken. Ja, bedeutete ich ihm, der Schüler hat begriffen, und er hat bestanden.

Wohl war mir nicht bei diesem Abschied, meinem Nicken fehlte die letzte Überzeugung. Aus gutem Grund. Denn es war noch nicht vorbei. Max hatte noch etwas vor mit mir, dessen war ich mir sicher. Er wollte noch ein Zeichen setzen. Mi-homme, mi-bête.

Mutmaßungen stellte ich keine an, wollte einfach nur darauf gefasst sein, wenn es so weit sein würde.

Nach Mitternacht fuhren wir schweigend die Landstraße entlang zum Chambre d'hôtes. Der viele Wein hatte mich schläfrig gemacht, und während ich gegen die Müdigkeit kämpfte, staunte ich über die Fahrtüchtigkeit von Max, der mindestens die doppelte Menge intus hatte.

Auf der Höhe des Dorfeingangs machte er das Radio aus. Renauds rauchige Stimme verstummte mitten im Refrain. Das war doch gar kein so übler Abschluss deiner fünf Wochen hier, sagte Max. Das finde ich auch, wollte ich sagen, und ich wollte sagen, wie sehr mich der Abend gerade auch mit Jean Le Bars versöhnt habe, ich wollte sagen, dass dieser Abschluss allerdings noch lange nicht das Ende meiner Arbeit bedeute. Das hätte ich gesagt, wäre Max mir nicht zuvorgekommen. Aber etwas fehlt noch, mein Lieber, sagte er. Nägel mit Köpfen. Morgen ist die letzte Gelegenheit. Ich war auf einen Schlag nüchtern, schaute ihn von der Seite an, der Reflex einer Straßenleuchte streifte sein Gesicht. Fast zu leise, ohne den Blick von der Fahrbahn zu nehmen, sagte er: Dein Flug geht um zwei, korrekt? Marée haute ist um halb zwölf. Das reicht. Ich hol dich um elf ab. Klar, hörte ich mich sagen, und der Puls sprang mir in den Kopf. *Klar*, hatte ich gesagt.

Ich bin noch immer voll von diesem Wort. Lange genug hatte ich mich darauf vorbereitet, es anzubringen, in welchem Zusammenhang auch immer. Und

ich war aufmerksam genug gewesen, es im richtigen Moment zu tun. Viel kann ich mir darauf nicht einbilden. Zu deutlich waren die vielen Bemerkungen von Max gewesen, zu offensichtlich seine Versuche, mich ins Wasser zu bringen. Einmal zeigte er mir sogar ein Video, das Sophie gedreht hatte. Max am Strand von Penhors. Mi-homme, mi-bête konnte nicht genug kriegen von den riesigen Brandungswellen, tauchte erst nach Ewigkeiten wieder aus der Gischt auf. Im Hintergrund kreischte Sophies Stimme vor Angst und Begeisterung.

Ich habe gewusst, dass da noch etwas kommt. Und dann habe ich ein einziges Wort gesagt. Klar durchschaue ich dich. Klar springe ich in die Welle. Alles klar. Das hätte er mir nicht zugetraut. Mit einem Wort habe ich Max den Wind aus den Segeln genommen. Als hätte ich nur darauf gewartet, dass er endlich einen konkreten Vorschlag machte für die Konfrontationstherapie. Schade, dass ich nicht noch einen Augenblick im alten Ford sitzen geblieben bin. Ich hätte das Erstaunen in seinen Äuglein genossen.

Einen Ort hat er nicht genannt, aber eigentlich gibt es ohnehin nur einen Ort, der in Frage kommt. Die Brandung in der Baie des Trépassés wirft einen bei starker Flut auf die Steine hinter dem Sandband. Penhors ist zu wenig spektakulär. Die Felsen von Penn ar Sont – nein, so weit geht er nicht. Bleibt der Strand von Saint Tugen. Konfrontation im Wellenreiterparadies. In der zwei Meter hohen Brandung von Saint Tugen soll alles aus mir herausgeschwemmt

werden. Ich springe in eines dieser Riesendinger und mein Abschied ist beendet, der Anfang erledigt. So stellt sich Max das vor, so hat er es sich immer vorgestellt. In der Reizüberflutung darf ich die Angst vor dem Wasser verlernen. Durch den Stress schaffe ich mir eine neue Realität. Gut gedacht, Max. Chapeau. In der Welle wird der nackte Tourist klar- und reingespült, und es wird ein zufriedener Geografielehrer an Land geschwemmt. So siehst du das. Mehr siehst du nicht.

So viel Wut hätte ich mir nicht zugetraut. Im dünnen Schein des Handys an der stockdunklen Küste umherkraxeln, Kopf und Kragen riskieren. Ich war so wütend auf Max, dass ich den Plan, meine erste und letzte Nacht auf Feunteun Aod ohne Alkohol zu verbringen, fallen ließ, ins Chambre d'hôtes zurückging und den Lambig holte.

Eine Teufelsaustreibung am Strand von Saint Tugen, nun gut. Ich habe ja gewusst, dass er mich auf den Traumapatienten reduziert, bis zuletzt. Es überrascht mich nicht, aber es ist mehr, als eine Freundschaft aushalten kann. Weil er es von mir verlangt, soll ich morgen in die Brandung springen und beweisen, dass ich nicht ersaufe. – *Klar.* – Klar, habe ich gesagt, als hätte ich nur darauf gewartet, dass er mir die Gelegenheit dazu gibt. Von wegen.

Seit seiner ersten Bemerkung habe ich gehofft, er fordere mich nicht auf diese Weise heraus. Und dann habe ich mich übertölpeln lassen. Mein Plan war ein anderer, von Anfang an. Wäre es nach mir gegangen, hätte ich meine letzte Nacht auf der Kanzel mit einer

Abschiedspredigt verbracht. Lange genug habe ich schließlich darauf hingearbeitet. Gepredigt hätte ich, und unter mir hätte sich die Leere gefüllt. Im Morgengrauen wäre ich an den Rand der Kanzel getreten und hätte in die Tiefe geschaut. Da wäre ein Meer gewesen. Da wäre wieder das Meer gewesen. Das Grollen der Brandung wäre dasselbe gewesen wie früher, im Halblicht hätte die Gischt einen bläulichen Stich gehabt. Hier wäre das Meer vom Vorjahr gewesen, das Meer von all den Jahren zuvor. Nichts als Wasser. So hätte ich den Dienst quittiert. Ich wäre ins Flugzeug gestiegen in der Gewissheit, zurückzukehren als einer, der den Anfang hinter sich hat.

Und was tut Max? Mit dem Satz, den ich nie habe hören wollen, setzt er mein Vorhaben in den Konjunktiv. Ein einziger Satz – und mein geplantes Predigtfurioso auf Feunteun Aod ist abgesagt. Klar, habe ich gesagt. Zurück kann ich jetzt nicht mehr. Vor Max nicht und vor mir selbst schon gar nicht. Mit dieser Wut werde ich umzugehen haben heute Nacht. Selber Arschloch, Herr Pfarrer!

Stein für Stein, Schritt für Schritt habe ich mir den Weg durch meinen Anfang präpariert, und dann lasse ich mich überraschen von einem Exorzismus mit Ansage. Deshalb brauche ich den Alkohol. Die Nüchternheit spare ich mir auf für morgen. Vorerst genieße ich jeden Schluck aus der Flasche.

Der Apfelbrand macht mich milde, er dämpft den doppelten Zorn. Schluckweise mache ich die Herausforderung zu meiner eigenen. Die Konfrontation – ich

wollte nicht, aber ich habe trotzdem darauf gehofft. Wie auch immer – ich bin meinen Weg gegangen. Noch ist er nicht zu Ende, doch bin ich bereit. Statt mir das Wasser in einer feierlichen Predigt heranzureden, springe ich eben hinein.

In ein paar Stunden schon wird Max neben mir stehen am Strand von Saint Tugen. Ich werde mich hinstellen wie im Film. Der steife Südostwind peitscht über den feinen Sand, das Meer trägt glitzernde Gischtbänder heran. Mit jedem Schritt verschiebt sich der Horizont. Wie mir das Wasser bis zu den Hüften reicht, besteht meine Welt aus flüssigen Wänden, die in rascher Folge auf mich zu kommen. Wand für Wand richtet sich vor mir auf, übermannsgroß, bricht am Scheitel, überschlägt sich tosend in sich selbst hinein. Max gibt mir Anweisungen, wie zu springen sei, wie das Gleichgewicht zu halten – und wie wieder herauszufinden aus der Urgewalt.

Ich höre nicht, was er sagt. Ich höre nichts als den eigenen Atem, spüre innen die Hand an der Kehle, ihren eisernen Griff. Mir wird eng im Hals und in der Brust. Ich sammle die Luft, die mir bleibt, für den einen Atemzug. Dann springe ich. Dann springen wir. Denn ich nehme dich mit, Véro. Es wirbelt im Wasser, wir wirbeln, rotieren in der Walze, um alles, kopfüber, kopfunter – und dann es ist still. Ich sehe die Bilder als Bogen; einmal noch sehe ich die Farbe, die Farben. Heideprinzessin, Blumenmädchen. Apfelesserin. Du schaust mich an, kneifst die Augen zusammen, dein Mund sucht ein Wort. Sag es nicht, sag mir jetzt nichts!

Ich lasse dich ziehen, am Ende des Anfangs, hinaus und hinüber. Ich lasse dich, lasse dich los.

Ein stechender Schmerz bringt mich zur Besinnung. Etwas reißt an mir, ich kriege keine Luft, es reißt mir die Arme aus, die Beine, sie spüren auf einmal den Grund, und ich stehe. Eine Stimme sagt: Ça va? Dann höre ich Max. Es ist geschafft, sagt er, alles ist gut. Schon kracht eine weitere Welle über mir zusammen. Sie verwirft mir die Glieder, stößt mich aus dem unsicheren Stand. Max schleppt mich weiter weg von der Brandung, auf den trockenen Sand. Ich liege da wie ein gestrandeter Fisch, mit offenen Kiemen schnappe ich nach Luft. Mein Atemorgan fühlt sich an wie versengt, ich röchle in eine offene Wunde. Doch ich ersticke nicht. Meine Glieder lassen sich bewegen. Ich lebe noch.

Max wickelt mich in ein Badetuch, bringt mich in eine aufrechte Position. Er hockt sich neben mich, legt mir den Arm um die Schultern. So sitzen wir, ich weiß nicht wie lange. Ich stiere auf das Meer hinaus, die Flut schaufelt Abertonnen von Wasser aus dem Irgendwo. Nur langsam verlieren die Wände an Höhe und ziehen sich zurück. Ich schaue hinaus bis zum unruhigen Horizont. Kein Rucksack, kein Körper. Zwischen den Wassern ist nichts.

Ça va?, sagt Max. Ça va, sage ich. Drüben, wo sich die Wellenreiter zum Picknick versammelt haben, krächzen die Möwen, die Fähre stampft eine Ladung Touristen zur Île de Sein. Das hätte ich nicht gedacht, sagt Max. Ich schaue ihn an. Der Koloss neben mir, der

Friedhofsgärtner in eigener Sache, hat etwas in den Augen. Mi-homme, mi-bête hat etwas in den Augen, was ich noch nie gesehen habe.

Aber die Kanzel brauche ich noch, sage ich. Vielleicht brauche ich sie noch.

Andreas Neeser
Fliegen, bis es schneit
Roman
208 Seiten, fest gebunden mit Schutzumschlag
€ 19.90
ISBN 978-3-85218-731-0

Isabelle Meisters Leben verläuft in geordneten Bahnen. Ihre Ehe mit Simon ist solide, ihr Job abwechslungsreich, und auch der Traum vom eigenen Haus mit Garten und Kinderschaukel scheint bald schon Wirklichkeit zu werden. Da begegnet ihr am Bahnsteig ein smarter Musiker mit graumelierten Schläfen, dessen leidenschaftliche Avancen sie zunächst faszinieren. Der Flötist aber entpuppt sich als obsessiver Erotomane, der die lebensfrohe Isabelle verfolgt und bedroht. Verletzt und verunsichert in ihrer gesamten Existenz, geht sie dennoch weiter ihren Weg auf dem schmalen Grat zwischen Selbstverlust und Autonomie, Angst und Zuversicht.

Andreas Neeser legt einen packenden Roman vor, der exemplarisch die Fallhöhe des Glücks vorführt und mit beeindruckender Tiefenschärfe die Suchbewegungen einer jungen Frau auslotet. Einmal mehr beweist Neeser darin sein Gespür für eine subtile Dramaturgie der Innerlichkeit. Nicht zuletzt ist *Fliegen, bis es schneit* ein Buch, das bei aller Abgründigkeit Lust macht auf den Reichtum des Lebens.

„Packend, lebendig und hochpoetisch beschreibt Andreas Neeser die Spannungsverhältnisse zwischen Zufall und Schicksal, Obsession und Freiheit, der Lust, alles zu wollen, und der Angst, das Liebste zu verlieren.“
Katja Lange-Müller

„Ein eindrücklicher, subtil erzählter Roman.“
SonntagsZeitung, Daniel Arnet

„Ein bilderreicher Roman!“
Stuttgarter Nachrichten, Thomas Morawitzky

www.haymonverlag.at

Andreas Neeser
Unsicherer Grund
Erzählungen
104 Seiten, fest gebunden mit Schutzumschlag
€ 17.90
ISBN 978-3-85218-635-1

Andreas Neeser erzählt von rastlosen Zeitgenossen: Büchersammler, Stadtstreuner, Reiseberater, Fußballer, Klippenwanderer und Immobilienmakler. Sie alle sind auf der Suche – auf der Suche nach den eigenen Denk- und Lebbarkeiten jenseits aller vorgefertigten Wahrheiten. Entlang von zarten Vergangenheitsfäden bewegen sie sich zurück in ihre Erinnerungen, in die Gerüche, Geschmäcker und Gefühle ihrer Kindheit, wo sie Antworten erhoffen auf die Vieldeutigkeiten des Lebens. Doch das Haus der Erinnerungen steht auf dem unsicheren Grund von Ahnungen, Möglichkeiten und Konjunktiven. So sind es die kleinen Schritte, denen es sich zu stellen gilt. Neesers Figuren tun es ohne jedes Selbstmitleid oder Pathos, und wir gehen ebenso fasziniert wie berührt ein Stück des Weges mit.

Mit außergewöhnlicher sprachlicher Sensibilität gestalten die Erzählungen Andreas Neesers eine vielschichtige Topografie der alltäglichen Gefährdung und der Sehnsucht nach dem eigenen Ich – und versammeln sich zu einem wunderbar hellen Buch.

„Neesers Erzählungen sind vielschichtig, wach und von berückender Besinnlichkeit. Andreas Neeser gehört zu jenen Schweizer Autoren, die man im besten Sinn des Wortes als Kleinmeister bezeichnen möchte."
NZZ am Sonntag, Manfred Papst

„Wirklichkeit und Trugbild gehen bei Andreas Neeser nahtlos ineinander über. Dass die Sprache der Literatur beide in sich vereinen kann, macht Neeser mit großer Genauigkeit klar."
Berliner Morgenpost, Paul Jandl

www.haymonverlag.at

Jürg Schubiger
Nicht schwindelfrei
Roman
112 Seiten, gebunden mit Schutzumschlag
€ 17.90
ISBN 978-3-7099-7139-0

Pauls Gedächtnis ist sehr fadenscheinig und unzuverlässig geworden. Namen sind ihm entfallen, seine Lebensgeschichte hat Lücken. Und manchmal weiß er auch nicht mehr, was sich gehört. Seine Umgebung behandelt ihn wie einen Kranken, sie reagiert mit Mitleid und Ungeduld, zuweilen auch mit amüsierter Verwunderung. Paul selbst dagegen empfindet seinen Zustand als durchaus angenehm: Befreit vom Ballast der Erinnerungen ist er offen für das, was der lebendige Augenblick anbietet. Mit unverstellter Freude kann er staunen über die kleinen Seltsamkeiten des Alltags, die Kunst – und nicht zuletzt auch die Liebe.

Jürg Schubiger begleitet Paul poetisch und mit feiner Ironie durch ein neues Leben und lässt uns die Welt durch seinen eigenwilligen Blick neu betrachten.

www.haymonverlag.at

Markus Ramseier
Vogelheu
Roman
336 Seiten, fest gebunden mit Schutzumschlag
€ 19.90
ISBN 978-3-7099-7013-3

Jahrelang war der Rebberg neben dem elterlichen Wellness-Hotel das private Paradies von Flo. Hier, an der Seite von Großvater Schneck, dem geerdeten Weinbauern, Erfinder, Fabulierer, Charmeur, in der geborgenen Welt ihrer Kindheit, fühlt sich das Leben für das junge Mädchen richtig an – Wellness pur. Doch auch der Großvater kann die Zeit nicht anhalten: Als ein Brand sein Haus am Fuß des Rebbergs zerstört, ahnt Flo erstmals, was Abschiednehmen heißt – und dass für sie nun der Moment gekommen ist, in ihr eigenes Leben hinauszutreten.

Beeindruckend gelassen, mit liebevollem Blick für die vielen zauberhaften Details rund um uns und mit feiner Ironie erzählt Markus Ramseier Flos Geschichte: eine Geschichte von der Sehnsucht nach der vertrauten Welt der Kindheit und von der Suche nach dem eigenen Weg durch das Leben.

„Markus Ramseier erzählt friedlich, innig und gelassen von den großen Dingen, die am Ende des Lebens daherkommen, aber keinen Schrecken mehr auslösen.“
Tiroler Gegenwartsliteratur, Helmuth Schönauer

www.haymonverlag.at